LECTURA MALDITA

Carlos Sanchís Mira

Ilustrado por
Edén Santana González-Mohíno

LECTURA MALDITA

Carlos Sanchís Mira

Ilustrado por
Edén Santana González-Mohíno

Rapitbook
editorial bajo demanda

Primera edición de Rapitbook: OCTUBRE, 2025

Título original: LECTURA MALDITA

07012 Palma (Mallorca)
www.rapitbook.com

ISBN: 978-978-84-10484-66-5

Autor: Carlos Sanchís Mira

Ilustraciones de cubierta e interior: Edén Santana González-Mohíno

Edición: Andrés Cárdenas

Impresión y encuadernación: Fotocopistería Impresrapit, S. L.
www.impresrapit.com

Impreso en España–*Printed in Spain*

NO ABRIR ESTE LIBRO
BAJO NINGUN CONCEPTO

Índice

EL PELUCHE

El peluche

A través de los empañados cristales, María observó la tormenta. Exhaló un suspiro de fastidio y dejó la taza de café sobre la mesa. Una vez más se sentía preocupada por su bebé.

Con desaliento subió la escalera, tanteando cada peldaño y, de forma sigilosa, entró en la habitación donde dormía su bebé. Se inclinó sobre la cuna, sus ojos verdes brillaron de un modo especial.

—¿Ocurre algo?

A su espalda la voz de su esposo la hizo dar un respingo. Odiaba que siempre fuera tan sigiloso.

Ladeó la cabeza y lo miró directamente a los ojos.

—Nada. Solo que me pareció oírla llorar.

Óscar exhaló un suspiro de fastidio, se sentía sumamente preocupado por su esposa.

—¿Ya estás con lo mismo otra vez? —Farfulló. Su esposa empezaba a mostrarse otra vez paranoica—. Desde que volvimos ayer del hospital vuelves a mostrarte… —Se calló para no herir aún más la sensibilidad de su esposa y, mordiéndose el labio inferior—. No puedes seguir culpándote por la muerte de Lucía, aquello fue un terrible accidente en el cual ninguno de los dos pudo hacer nada para salvar la vida de nuestra hija.

La mirada de María giró despacio hacia la ventana. Sus ojos claros se engrandecieron, e intentó taladrar en las tinieblas.

—Fui yo quien se durmió al volante, ¿recuerdas? —atajó entre lágrimas.

Cerró los ojos, las terribles imágenes del fatídico accidente dieron vueltas en su mente borrosa. Fue solo una fracción de segundo, pero bastó para perder el control del vehículo y salirse de la carretera por una hondonada.

—Pero no puedes seguir atormentándote, han pasado ya cinco años desde el accidente. Ahora la vida nos ha dado una nueva oportunidad de ser felices.

Miró directamente a la cuna y contempló la radiante belleza de su hija.

María desvió la mirada de la ventana en el preciso instante en que un rayo iluminaba toda la habitación.

—Es preciosa, ¿verdad? Se parece tanto a...

Se calló de forma repentina y contempló a su esposo con ojos reflexivos.

Óscar no dijo nada, meneó la cabeza en señal de negación y volvió a su habitación.

María se quedó unos segundos allí plantada, rígida como un palo. Después de unos minutos de un estado como de trance, besó a su bebé en la frente y puso el peluche »Toby« al lado de sus diminutos pies. Volvió a la cama e intentó dormir un poco, pero el sonido de los truenos la inquietó más de lo habitual. Encendió la luz de la lamparilla y echó un rápido vistazo a su marido, que dormía a pierna suelta.

»Ni el sonido de mil bombas lo despertaría«

Se incorporó de la cama y sus pies desnudos se deslizaron por el suelo frío. Abrió la ventana y se asomó un momento, miró al exterior, pero solo descubrió la densa lluvia.

Se puso la bata que tanto odiaba su marido y salió de la habitación. De súbito, sus ojos se fijaron en una sombra inquietante que salía de la habitación de su bebé y se agazapaba en la cortina del pasillo. El miedo la paralizó, sus pies parecían estar clavados en el suelo.

—¡Óscar! —Consiguió bramar por encima de la oscuridad.

Los gritos llegaron a Óscar, quien se incorporó de la cama de forma súbita y corriendo se reunió con su esposa en el pasillo. De vez en cuando los rayos iluminaban el pasillo creando sombras imposibles.

—¿Qué demonios ocurre? —Quiso saber Óscar.

Ella empezó a recobrarse y a dudar.

—Hay alguien en la habitación de nuestro bebé—. Sus ojos parecían desprender chispas de fuego.

Óscar frunció el ceño. Se puso en alerta y entró en la habitación de su hija, provisto de su arma reglamentaria. Tanteó la pared con la mano en busca del interruptor de la luz y cuando por fin la encendió, miró nervioso en su derredor.

Nada.

Miró debajo de la cama y en el armario de enfrente.

Nada.

—Dios... mío —la voz enigmática de su esposa sonó por encima del desgarrador silencio que allí imperaba—. »Toby« no está —su cuerpo empezó a agitarse de forma espasmódica.

Óscar se frotó la mano con clara señal de nerviosismo. »Toby« era el peluche preferido de su difunta hija. En el instante del accidente donde perdió la vida, lo sujetaba sobre su pecho. Él siempre quiso enterrarlo con ella, pero su esposa se opuso de forma fulminante y lo dejó sobre la estantería de la habitación. Luego la cerró a cal y canto hasta el día de ayer, donde decidieron que aquella iba a ser la habitación de su hija.

Óscar sintió un enorme asombro al escuchar aquellas palabras.

—¿Estás segura?

Ella se volvió. Su cara estaba más pálida de lo habitual.

—Míralo por ti mismo —replicó apretando los dientes.

Atraído por la curiosidad, se inclinó sobre la cuna.

—¿Estás segura de haberlo dejado aquí?

Ella hizo un gesto de aceptación y, aunque se sentía demasiado asustada, luchó para no perder el dominio de sí misma.

—No lo sé —admitió.

Su voz, de suaves tonos, sonó esta vez con amargura. Se sentó sobre los pies de la cama y captó la perturbadora mirada de su esposo.

—Entiendo que estás sometida a una enorme presión —explicó Óscar, con una encantadora sonrisa intentando tranquilizar a su esposa—, pero por tu bien, debes intentar relajarte. Nuestra hija está bien.

María asintió, aún tenía en los oídos la memoria de los gritos de súplica de su hija.

»Mamá, por favor. No puedo moverme y tengo mucho frío«

—Está bien —suspiró intentando devolverle la sonrisa. Se levantó de la cama y juntos salieron de la habitación.

Apenas pudo pegar ojo esa noche. Cuando los primeros rayos de sol se filtraron por la ventana, se levantó de la cama. Echó una ojeada a su bebé y bajó a la cocina. Puso la cafetera al fuego y esperó unos segundos. Esa mañana se sentía más animada.

El timbre sonó. Extrañada, caminó hacia la puerta y abrió.

—Buenos días, señora Martín.

Los ojos claros de María se engrandecieron y no pudo dejar de asustarse ante las pupilas extrañamente negras de Susana.

—Pasa, cariño. Te vas a morir de frío ahí fuera —le invitó a entrar.

Susana había sido la mejor amiga de su hija.

—¿Te pasa algo? —Quiso saber.

Tenía la seguridad de que Susana estaba aterrada, parecía muy incómoda.

—Anoche, mientras dormía... algo me despertó —empezó a hablar. Una terrible angustia la atenazaba y, haciendo un esfuerzo sobrehumano, prosiguió—, algo estiró de mis sabanas con fuerza y me arrojó de la cama. Asustada, me acurruqué en una esquina de la habitación, cuando una voz me susurró al oído —Susana hizo una pequeña pausa para afrontar su espanto y luego prosiguió—. La voz me indicó que guardara... esto.

Nerviosa, metió la mano en el interior de una bolsa de tela. Los ojos de María centellearon, y un terrible gemido escapó de sus labios al ver a »Toby«, un espasmo casi la ahogó.

—¿Pero qué clase de broma es esta? —Bramó María, poseída por un frenesí de rabia.

Susana se incorporó del sofá y miró directamente a los ojos de María. Parecía fuera de sí. Entonces comprendió que lo mejor era salir corriendo de allí.

María cerró la puerta con rabia. Presa del pánico, y profiriendo una maldición, subió a la habitación de su bebé y volvió a dejar a »Toby« sobre la cuna.

Más tarde, desayunó junto a su marido. Se mostró dubitativa, pero optó por no contarle el incidente con Susana.

Cuando su esposo se marchó a trabajar, ella se puso a leer un libro que llevaba semanas intentando terminar. De súbito, oyó un sonido procedente de la habitación de su bebé, como si alguien estuviera arrastrando todos los muebles de forma alocada. Alarmada, subió con paso vacilante mientras un frío repentino subía por sus piernas. De repente, por encima de los truenos, le llegó el llanto de su bebé. Dejó atrás sus temores más profundos y abrió la puerta de la habitación con violencia. Fue directamente hacia la cuna, pero antes de llegar a ella, algo que no pudo apreciar, la golpeó con violencia en el pecho. Cayó hacia atrás y se golpeó la cabeza contra el suelo. Parpadeó, estuvo un instante silenciosa, y se incorporó de nuevo. Se oyeron pasos en la habitación y la cuna empezó a levitar a varios centímetros del suelo.

Convulsa, observó cómo la cuna daba vueltas sobre sí misma y caía al suelo.

—¡Deja a mi bebé en paz! —gritó María al vacío.

Se oyó el terrible sonido de una carcajada y la cuna empezó a deslizarse hacia la puerta.

—¡No! —gritó María.

Corrió hacia la puerta pero, de nuevo, unas manos invisibles la empujaron con suma violencia y un grito de espanto brotó de sus labios.

—¡Qué quieres de nosotras!

A su espalda, los cristales de las ventanas estallaron y pequeños trozos impactaron sobre su cara pálida. Aulló de modo atroz, pero consiguió llegar hasta la cuna y detenerla antes de que cayera escaleras abajo. Con manos temblorosas, asió a su hija y la resguardó entre su pecho. Los ojos aterrados de María se posaron en la puerta y lo que vio a continuación le causó un profundo espanto. Todas las muñecas de su difunta hija habían cobrado vida y caminaban hacia ella como una marcha funesta.

El rostro de María adquirió un tinte lívido.

Consiguió reaccionar y bajó los escalones de tres en tres, a su paso, todas las fotografías que colgaban de las paredes sufrieron una combustión espontánea, solo por dentro, el cristal se mantuvo siempre intacto.

Decidida, fue hacia la puerta de entrada y giró el pomo.

—¡Joder!

Un ensordecedor rugido de impotencia brotó de su garganta y se lamentó de haber reforzado las ventanas con barrotes, pero era necesario hacerlo. En el último mes, habían intentado robar en su casa hasta en tres ocasiones.

Dejó a su bebé dentro del carricoche y telefoneó a su esposo. Paciente, esperó un tono.

Dos.

Y al tercer tono, su esposo descolgó el teléfono:

—¿Si?

—¡Hay alguien dentro de nuestra casa y quiere hacerle daño a nuestro bebé! —estalló.

Cuando Óscar fue a replicar, la comunicación se cortó de forma repentina.

—¡Mierda! —se lamentó María, al borde de un ataque de nervios.

De repente, una carcajada brotó de la garganta de su bebé. Aturdida y envuelta en una atmósfera deprimente, observó cómo su bebé, con apenas una semana de vida, bajaba del carricoche por sí solo. Aquella imagen, tan diabólica y dantesca, provocó en María un estado de locura.

El bebé se puso de pie tambaleándose y caminó hacia su aterrada madre, lanzando espumajos por la boca.

María ladeó la cabeza y cerró los ojos con fuerza.

»No puede ser real, debo de estar sufriendo algún tipo de alucinación«

Intentó convencerse, pero cuando volvió a abrir los ojos, la realidad golpeó su cara impávida. Su bebé seguía caminando hacia ella. Detrás del bebé se originó un fuego de la nada, que se propagó de inmediato por todo el salón. María quiso levantarse, pero el miedo había paralizado todos sus músculos. La terrible imagen que sus ojos proyectaban era superior a ella. Le empezó a faltar el aire y le costaba un mundo respirar, su pecho subía y bajaba de forma frenética.

Entonces el bebé habló.

—Has roto la promesa que hiciste, mamá. —Al oír el timbre de aquella voz, una punzada de dolor atravesó su corazón. Era la voz de su difunta hija—. Después de mi muerte, prometiste que nunca más abrirías mi habitación. —La dantesca imagen de su bebé bramó en la sombra—. ¡Ya no me quieres!

María negó con la cabeza.

—Claro que te quiero, amor mío.

—¡Entonces, ¿por qué has vuelto a abrir mi habitación?!

—Ella... es tu hermana.

La atmósfera de terror había llegado a su paroxismo. El fuego estaba devorando toda la casa a una velocidad de vértigo.

—No quiero ser reemplazada por nadie, mamá. ¡Tú fuiste la culpable de mi muerte!

María, al borde mismo de la muerte, negó con la cabeza.

—Lo... siento —Lloró—. Lo siento mucho, hija mía.

En el exterior de la casa, Óscar rugió con voz convulsa.

—¡María!

Desesperado, intentó acercarse todo lo que pudo a la casa, pero le fue imposible acceder al interior. El fuego lo estaba devorando todo.

El bebé se precipitó rápidamente hacia ella para acurrucarse entre sus brazos mientras las llamas las iban consumiendo.

—Abrázame, mamá.

Y ella la abrazó, mientras el fuego las abrasaba juntas.

Cuando el fuego se dio por controlado y la policía certificó el fallecimiento de María y su bebé de apenas una semana, Óscar volvió a la casa. Apenas quedaba nada de ella, salvo la estructura. Removió entre los escombros y encontró a »Toby«, para su sorpresa estaba intacto. El fuego no lo había afectado lo más mínimo. Cogió el peluche entre sus manos ennegrecidas y se lo llevó al bolsillo, aquel era el único recuerdo que podía llevarse consigo.

FIN

FANTASMAS

Fantasmas

Dos jóvenes se hallaban sentados en la terraza de un bar, conversando animadamente cuando un joven apuesto y gallardo de rostro pálido, cabellos rubios y ojos grandes y misteriosos se plantó ante ellos.

Miguel se asustó por su aspecto tan horripilante, estaba traslúcido como un espectro y los huesos de la cara destacaban sobre su opaca piel.

—Perdonad que os interrumpa —se disculpó el joven con voz misteriosa—, pero no he podido evitar escuchar la conversación que estabais manteniendo, sobre la existencia de los fantasmas.

Juan hizo un gesto de aceptación, e invitó al misterioso joven a sentarse con ellos.

—¿Te interesan los temas relacionados con el misterio? —inquirió Juan, con una sonrisa en los labios—. A nosotros dos es un tema que nos apasiona. —Miró a Miguel, que permanecía serio—. Trabajamos en una revista local, donde tratamos estos casos con toda la seriedad que se merecen.

El misterioso joven no apartó las pupilas de aquellos dos rostros confusos.

—¿La verdad? Nunca me había interesado lo más mínimo —se sinceró con voz rota—. Sin embargo...

El misterioso joven hizo una pequeña pausa y de forma súbita empezó a sentirse dominado por el pánico. Con desaliento prosiguió hablando. Esta vez su voz sonó más serena—. Puede que sean imaginaciones mías, pero lo cierto es que creo que habitan fantasmas en mi casa.

Se hizo el silencio entre los tres. Era un silencio inquietante y angustioso. De aquellos silencios que presagian lo peor.

Los dos amigos cruzaron expectantes miradas.

—¿Qué te hace pensar que habitan fantasmas en tu casa? —quiso saber Juan, intrigado por las palabras de aquel desconocido.

El misterioso joven se quitó los lentes y los estuvo frotando con un pañuelo de seda.

—Los he visto con mis propios ojos —atajó, tendiendo la mirada hacia la abadía—. Llevan tiempo atormentándome. —Los ojos desorbitados del misterioso joven se clavaron en Miguel, quien se mostraba más reacio que Juan a creerle—. Hablé con un experto en estos temas y seguí al pie de la letra todas sus recomendaciones; muy a mi pesar, dejé que el cura del pueblo bendijera mi casa. —El misterioso joven hizo un esfuerzo para dominar su espanto—. Al principio creí que todo aquel ritual había sido positivo, ya que por un corto espacio de tiempo la tranquilidad reinó de nuevo en mi hogar. Pero, una noche, el sonido de los truenos alteraron mi paz. Nervioso, me levanté de la cama, encendí un cigarrillo y descorrí la cortina de la ventana, pero lo único que descubrí fue la densa lluvia. Los truenos y los relámpagos se producían con frecuencia y a cada trueno un escalofrío recorría mi cuerpo. Estaba asustado, desde pequeño siempre he odiado esas noches tan lúgubres, sin embargo, hice un esfuerzo para dominar el miedo. Apagué el cigarrillo y volví a la cama. La habitación estaba sumida en una oscuridad total, me invadió una profunda sensación de relajamiento. Cerré los ojos y, preso del cansancio, traté de dormir, pero mi cuerpo empezó a temblar de forma espasmódica cuando oí un sonido procedente de la ventana. Tragué saliva y, al instante, agucé el oído. Luego me incorporé nuevamente de la cama y, sin pensarlo dos veces, descorrí lentamente la cortina, fue entonces cuando... —Las palabras del misterioso joven se ahogaron en su propio llanto—. Entonces la figura borrosa de un hombre se perfiló en la ventana. El corazón me empezó a bombear de forma imperiosa cuando el espectro, o lo que fuese, atravesó la ventana y empezó a aproximarse hacia mí. Su cabeza estaba manchada de sangre y caía sobre los ojos de un rostro pálido. Paralizado por el terror, me quedé allí, plantado como un palo, mis pies parecían estar pegados al suelo. Con manos temblorosas intenté girar el pomo de la puerta, un gemido de rabia se escapó de mis labios ante la impotencia de no conseguir huir.

Miguel lo miró despectivamente, los ojos chispeantes del joven estaban fijos en él.

Mientras el misterioso joven hablaba, un espasmo casi lo ahogó. Los dos amigos, primero sorprendidos y luego preocupados, se ofrecieron para llamar a un médico.

—No —atajó el misterioso joven, secándose el sudor de la frente—. Me encuentro bien. Lo único que deseo en estos momentos es terminar de una vez por todas con este terrible asunto.

Los dos amigos asintieron y escucharon atentamente al misterioso joven, quien parecía repuesto de su ataque.

—Al fin conseguí abrir la puerta de mi casa —prosiguió el misterioso joven con la mirada perdida en mil sitios diferentes—. Empecé a correr, a pesar de mi cojera. Cuando apenas llevaba unos metros, la niebla comenzó a caer como un manto de niebla gris, cubriendo todo con un velo de misterio y silencio. Asustado, grité lo más fuerte que me permitieron mis pulmones, pero nadie acudió en mi ayuda. Seguí corriendo entre la niebla y, sin darme cuenta, me adentré en el bosque. Estaba exhausto, así que dejé de correr. Cada dos o tres pasos tropezaba con una raíz o una piedra. El sendero descendía y por él apareció nuevamente el espectro. Yo había llegado al límite de mis fuerzas y el jadeo bronco se convirtió en un grito de espanto. Entonces, comencé a sentir su movimiento lento y deliberado, como si estuviera saboreando cada paso que daba. La forma espectral que se acercaba a mí era alta y delgada, sus ojos parecían ver más allá de la realidad. A medida que se acercaba, pude ver más detalles de su rostro. Sus ojos eran oscuros y profundos, como dos pozos sin fondo que parecían absorber toda la niebla. Su piel era traslúcida, como si estuviera hecha de una sustancia etérea que no pertenecía a este mundo. Se detuvo a unos pasos de distancia de mí, y me miró con una intensidad que me hizo sentir como si estuviera viendo directamente al alma. Un gemido se me escapó de los labios y, dándome por vencido, me dejé caer en el suelo, ocultando la cabeza entre mis manos. Sentí frío, mucho frío. Los ojos chispeantes del espectro se cruzaron con los míos, nos contemplamos durante una fracción de segundo y entonces me habló.

—¡Mientes! —recibió la precipitada exclamación de Miguel.

Juan dio un respingo, nunca había visto a su amigo tan alterado, sus ojos parecían estar a punto de salir de sus órbitas.

—Creo que no eres más que un charlatán y que tu estúpida historia no es más que una burda invención —soltó Miguel, a quien se le veía bastante molesto.

El misterioso joven emitió un hondo sollozo.

—Ojalá estuvieras en lo cierto y no fuera más que una invención, un relato de mi atormentada mente, pero... llevo días sin poder dormir... los muebles de mi casa levitan, en momentos puntuales la temperatura desciende de forma drástica y el aire huele a carne putrefacta.

Juan escuchó en completo silencio, él sí lo creía.

—¿Qué piensas hacer? —preguntó Juan, poniéndose un cigarro entre los dientes.

El misterioso joven pareció dudar, pero finalmente habló.

—No sabía qué hacer, estaba desesperado, así que visité a un chamán. Para mi sorpresa, no dudó en venir a casa y, nada más poner un pie en mi salón, pude percibir su miedo. Caminó como en trance por todas las estancias y luego me miró directamente a los ojos. Su mirada era extraña, inquietante y terrible. Con un susurro, apenas audible, me aseguró que los fantasmas que habitaban en mi casa ignoraban que estaban muertos; vivían a medias entre los vivos y una dimensión ignota del horror, de la muerte y las tinieblas. Para librarme de ambos definitivamente, tenía que conseguir una forma de contactar amigablemente y explicarles la verdad, el porqué de sus terribles muertes.

Fue solo una fracción de segundo, pero el misterioso joven notó en Miguel un odio salvaje, incontrolable.

—Entonces, ¿has conseguido contactar con ellos?

El misterioso joven hizo un gesto de afirmación.

—No ha sido nada fácil, pero sí —una tímida sonrisa apareció en su rostro—. Hace cosa de tres meses, circulaba con mi vieja furgoneta por una carretera secundaria, la noche estaba resultando terrible, nunca había visto llover con tanta intensidad y menos sobre aquellos parajes. Apenas faltaban un par de kilómetros para llegar al pueblo cuando vi a dos chicos caminar por la calzada. Al verme me hicieron aspavientos con los brazos de forma frenética, tengo que confesar que por una fracción de segundo pensé en pasar de largo y dejar que se congelasen , pero finalmente detuve a escasos dos metros de ellos. Les hice una seña con la mano para que entrasen. Cuando entraron en la furgoneta, aún tiritaban a causa de la baja temperatura. Me dieron las gracias de forma efusiva y me contaron que habían tenido un accidente con el coche. Por entonces, la tempestad rugía con fuerza y les ofrecí mi casa para pasar la noche. Les expliqué que vivía solo y que mi casa era bastante grande, de dos plantas y situada en la parte más baja de una hondonada. Aunque al principio parecieron dudar, aceptaron mi invitación.

Cuando llegamos a mi casa, les ofrecí ropa y avivé el fuego de la chimenea. Les pregunté a dónde se dirigían en el momento en el que sufrieron el infortunio siniestro. Uno de ellos no habló, parecía tenerme miedo a pesar de ser un hombre joven, fuerte, con buenos músculos en los brazos. Sin embargo, el otro se mostró en todo momento más risueño. Relató que ese mismo día habían contraído matrimonio en un ayuntamiento cercano y habían partido hacia el norte para pasar la luna de miel en una aldea casi abandonada situada detrás de las montañas de »la bruja«. Aquello me sorprendió, e intenté disimular mi odio hacia los homosexuales. Miré a través de la ventana, la lluvia seguía cayendo con fuerza y batió estridentemente los vidrios de las ventanas. Pronto me envolvió un frenesí asesino; sin embargo, logré contenerme. Fue dos horas más tarde cuando aproveché que ambos dormían y una furia salvaje y descontrolada me invadió. Cerré los ojos unos instantes y todo se borró de mi mente, excepto la imperiosa necesidad de matarlos. Así que entré en la habitación de forma sigilosa, respiré hondo y les disparé dos tiros en la frente a cada uno. Luego bajé los cuerpos al sótano y los descuarticé en pequeños trozos. Los introduje en bolsas de basura y, a pesar de la tempestad, los enterré en el jardín junto a una docena de cadáveres más, todos ellos zorras y maricones que me he ido encontrando en los últimos meses. Yo soy el asesino en serie que busca la policía —los dos jóvenes lo miraron con espanto—. Ahora, ya sabéis lo que hice con vosotros, estáis muertos. Yo os he matado. Esta mañana he desenterrado vuestros cuerpos putrefactos. Ya sois libres.

El joven abrió los ojos y ante él vio el rostro pálido del chamán. Rechinando los dientes, se levantó del húmedo suelo y le dio las gracias. La droga suministrada le había permitido »contactar« con los fantasmas.

Más tranquilo, dejó atrás al chamán y acudió a la comisaría más cercana para confesar los brutales asesinatos que había cometido en los últimos cinco años.

FIN

R.I.P
R.I.P
Julia
PAPÁ

Papá

Apenas tengo fuerza para resistirme y asustado, espero mi fatal desenlace. Sé que él va a venir a por mí y, aunque me sienta muy asustado, debo de echar a un lado mis temores y dejar por escrito los terribles acontecimientos que han rodeado mi vida en los últimos meses.

Afuera, la lluvia cae cada vez con más fuerza y bate los vidrios de todas las ventanas.

La terrible noche me turba y percibo voces extrañas ululando en mi mente. Sin embargo, tengo la certeza de estar solo y las voces no son más que una sugestión terrible.

Llevo tres días, con sus respectivas tres noches, »confinado« en este lúgubre lugar, ahora abandonado, pero que antaño fue un hospital psiquiátrico.

Al entrar en él, mi primer sentimiento fue de horror y espanto, incluso me pareció notar la presencia de alguna cosa. Miré sobrecogido a mi alrededor y, de súbito, en mitad del silencio de la noche, una de las puertas se abrió con un chirrido. Me quedé firme, como un palo. Mis piernas se negaron en rotundo a caminar.

Miré perplejo hacia el frente, esperando toparme cara a cara con él.

No fue así.

Sin embargo, una chispa roja brilló en la oscuridad y un intenso escalofrío recorrió mi cuerpo.

¿Qué fue?

Nunca lo supe. Cuando conseguí alejar mis temores, caminé por el estrecho pasillo, pero fui incapaz de ver u oír nada más.

En fin, me estoy desviando de los hechos que deseo dejar por escrito.

Puede que usted, quien ahora mismo se encuentre sumergido en la lectura de los hechos, le pueda parecer mi historia como una burda »fantasía«, o quizá sea una palabra demasiado floja para describir lo que usted sienta hacia mi relato. No lo juzgo, incluso me pongo en el lado del lector, y yo mismo pensaría que nada es real, como quiere hacernos creer el escritor, sino que no es más que una historia creada por la mente de un escritor de tercera.

Mi intención no es convencer, juzgue por usted mismo.

Mientras escribo estas líneas son las 23:30. Espero una visita muy especial.

Imagino que os estaréis preguntando por la identidad de mi visitante. ¿No?

Pues, mi fallecido padre.

Puede que ahora mismo usted esté esbozando una sonrisa irónica, pero con franqueza, yo estoy terriblemente angustiado.

De vez en cuando miro hacia el espejo que hay situado a mi espalda. Mi cara refleja palidez y espanto, no es para menos. Hace unos meses recibí una llamada telefónica por parte de mi madre. Su voz sonó rota a causa del sufrimiento.

—Hijo, papá se está muriendo —me informó, ahogándose en su propio llanto.

Aquellas palabras me estremecieron de dolor. Aturdido, no contesté de inmediato, pero aún conmocionado logré hablar. Le pregunté qué es lo que estaba sucediendo. Mi madre balbuceó algo que no logré entender y tuve que pedir que se calmase. La escuché exhalar un profundo suspiro y algo más relajada consiguió hablar.

—A tu padre le han diagnosticado un cáncer de pulmón.

La habitación quedó sumida en un angustioso silencio. Emití un gruñido de rabia y caminé con pasos rápidos y cortos, como si estuviera tratando de escapar de algo que me perseguía.

—Según el diagnóstico, no vivirá más de tres meses —puntualizó mi madre, rota de dolor.

Me dejé caer en la silla y cerré los ojos durante unos instantes. Recuerdos del pasado desfilaron por mi mente.

—Madre —le dije con voz firme, intentando mantenerme fuerte—, cogeremos el primer vuelo.

Cuando llegué a casa, le di la noticia a mi mujer y a mi hija . Al día siguiente, tomamos el avión y nos plantamos en el pueblo donde pasé toda mi niñez y parte de la adolescencia.

Mi padre estaba sentado en la mecedora que crujía suavemente mientras se balanceaba hacia delante y hacia atrás. Estaba pálido y demacrado, con ojeras oscuras bajo los ojos que parecían haber sido talladas por la tristeza y la angustia. De inmediato me di cuenta de la metamorfosis profunda que se había realizado en las facciones de mi padre. Era evidente su profunda tristeza.

Vacilante, me acerqué a él y lo besé en la frente, pero él pareció no inmutarse, no solo del beso, sino de nuestra presencia. Pese a tener los ojos abiertos y vidriosos, parecía no vernos.

Los días transcurrieron con lentitud, y mi padre seguía sin hablar, sin moverse, era como un espectro. Su tez había adquirido una palidez desmesurada y raras eran las ocasiones en las que se levantaba de la mecedora.

Pero todo cambió en una mañana helada y tormentosa. Mi padre se mostró eufórico, su mirada, antes muerta, brillaba ahora de un modo especial.

¿La causa?

Una carta.

Sí, una mísera carta. Un trozo de papel había obrado el milagro.

Con una sonrisa en los labios, mi padre me miró fijamente a los ojos.

—Pascual Montero —me dijo exultante de alegría.

Nos sentamos frente a la chimenea, me tendió una copa de coñac y me contó que Pascual y él se conocieron en la guerra civil. Ambos luchaban en bandos contrarios y Pascual recibió la orden de fusilar a mi padre. Le vendó los ojos y, en el instante en que iba a fusilarlo en un descampado a las afueras de Barcelona, dudó. Se hizo el silencio entre los dos y, después de unos segundos angustiosos para mi padre, Pascual le quitó la venda de los ojos.

—Eres libre —le informó con voz rota.

Dubitativo, mi padre tardó varios segundos en poder reaccionar, pero finalmente le dio las gracias. Pascual se quedó allí plantado, con ojos desorbitados. Mi padre, agradecido, se acercó a él y le instó a que huyeran juntos. Pascual ladeó la cabeza y aceptó con un movimiento de cabeza. Desde ese preciso instante, fueron cómo »hermanos« hasta que, cinco meses más tarde, Pascual fue apresado por las tropas del caudillo. Mi padre logró escapar y se ocultó entre unos espesos arbustos. Desde allí, contempló horrorizado cómo dos militares se llevaban a Pascual para fusilarlo. Aún conmocionado, huyó adentrándose en la espesura del bosque.

Escuché en completo silencio el relato que mi padre me hizo de los hechos ocurridos en la guerra civil. Luego, me sirvió otra copa de coñac y me tendió la carta.

Hola, querido amigo.
Supongo que estarás sorprendido por recibir noticias mías, después de tanto tiempo en silencio. Antes de nada, déjame decirte que lo único que deseo ahora mismo es poder verte y espero muy pronto poder hacerlo.
Un abrazo. Tu amigo y hermano, Pascual.

Ahora reproduzco la carta que envió mi padre como respuesta.

No sabes lo feliz que me siento al saber que sigues vivo.
Llevo cincuenta años creyendo que aquellos militares te habían fusilado. No puedes llegar a imaginar las veces que lloré tu muerte.
Ahora que sé que estás vivo, deseo verte lo más rápido posible, ya que un terrible cáncer está consumiendo mi vida.
Un abrazo, de tu amigo y hermano.

Apenas tres días después, mi padre recibió otra carta.

Siento mucho que estés atravesando por momentos tan angustiosos, pero debes de ser fuerte y afrontar con serenidad el destino que el propio Dios te ha ofrecido.
Si te parece bien, en apenas unos días, me gustaría ir a verte.
Un abrazo, de tu amigo y hermano.

Al leer aquella última carta, los ojos de mi padre centellearon. La idea de volver a ver a su »hermano« lo envolvió en un frenesí de alegría.

Subí a mi habitación, mi mujer me miró perpleja y preocupada, pero apenas le presté atención. Vacilante, caminé hacia la ventana y, con la cara apoyada en el cristal, observé impasible la tempestad.

Tenía la imperiosa necesidad de ir a ver a Pascual, y así se lo hice saber a mi mujer. Ella me miró de una forma extraña y sorprendida, me preguntó por ello. No supe qué contestar, no tenía ningún motivo en especial, salvo la imperiosa necesidad de verlo.

A la mañana siguiente, después de una noche sin poder pegar ojo, me puse tras el volante. Pese a que me aterraba conducir bajo la lluvia, eché a un lado mi miedo y opté por iniciar el viaje. No quería más demoras.

Los árboles abundaban en aquellos parajes y no me gustaba estar cerca de uno cuando los incesantes rayos caían a lo largo de la mañana.

Hice el recorrido en cuatro horas. Aparqué el coche en la misma puerta. Azotado por la lluvia y el viento casi huracanado, me maldije a mí mismo por la idea tan absurda que había tenido.

Alcé los ojos y miré con detenimiento la casa. Era grande, de tres plantas, y estaba situada en la parte más baja de una hondonada, por eso casi había pasado desapercibida a mis ojos.

Exhalé un profundo suspiro, repasé una vez más la dirección de la carta y, decidido, me apeé del coche. Fue solo una fracción de segundo lo que tardé en llegar al porche, pero lo suficiente como para terminar empapado de pies a cabeza.

No había timbre, así que golpeé la puerta con mis nudillos.

Esperé respuesta durante un segundo.

Dos.

Y al tercer segundo, giré sobre mis propios talones para volver al interior de mi coche. De súbito, una voz masculina se oyó por encima de la tormenta.

—¡Ya va!

El sonido de aquella voz me inquietó.

Transcurrieron otros veinte segundos antes de que la puerta quedara abierta por completo. Ante mí se hallaba un hombre de bastante edad, su cara estaba oculta bajo una máscara de arrugas. Tenía el cabello largo y blanco. Entornó los ojos y me miró fijamente. Su mirada fue tan penetrante que me llegó a intimidar.

—¿Qué quieres? —preguntó escupiendo la colilla que tenía pegada a los labios.

Todo mi cuerpo se puso tenso y le pregunté si él era Pascual Montero. A mi pregunta, su rostro se transformó en algo horrible. Hizo una mueca de desesperación y media sonrisa cruzó su cara.

—¿Eres un bromista? —inquirió visiblemente molesto.

Fue apenas un segundo, pero tuve miedo.

Me excusé ante el anciano, quien resultó ser el hermano de Pascual, y le miré con cuidado. Luego le hablé con tono amistoso y le pregunté dónde podía encontrar a su hermano.

Una risa sarcástica brotó de su garganta. Entonces de sus labios brotaron unas palabras amenazantes.

—Dudo mucho que usted pueda hablar con mi hermano —se pasó la mano por el mentón—. Murió fusilado en la guerra civil —apostilló al tiempo que una sonrisa triste se ponía a flotar en sus labios.

Mi corazón empezó a bombear de forma imperiosa, y lo primero que pasó por mi cabeza es que aquel anciano se estaba burlando de mí.

No fue así.

El anciano se percató de mi terrible confusión y, por primera vez, me dirigió una mirada de simpatía. Me ofreció entrar en su casa y, vacilante, acepté la invitación. Me senté sobre un sofá negro de terciopelo y desvié la mirada hacia el techo.

El anciano llegó a asustarse ante mi repentina palidez y se ofreció para llamar a emergencias. Yo negué con un brusco movimiento de cabeza y le hice saber que me encontraba bien. Luego, con voz misteriosa, me preguntó el motivo por el cual buscaba a su hermano. Dudé durante unos segundos, que parecieron eternos, pero finalmente le relaté los hechos. Esta vez fue él quien pareció horrorizado y temeroso de que no fuera más que un charlatán. Me instó a que me fuera de su casa.

Terriblemente confuso, me marché de allí. A pesar de las bajas temperaturas, un sudor frío empapó mi frente. Entonces me poseyó un terror infinitamente superior a mis fuerzas. Mis manos buscaron desesperadamente el teléfono móvil y, tembloroso, logré marcar el número de mi casa.

—¿Si?

La voz jovial de mi padre me sacó de quicio, pero logré mantener mis impulsos y me mantuve en silencio durante unos segundos, intentando encontrar las palabras adecuadas.

—Hijo, ¿estás bien?

En aquel instante eché en falta un cigarrillo; llevaba dos años sin fumar, pero hubiese dado lo imposible por fumar en aquel instante de confusión y locura.

Cuando quise hablar, la voz de mi padre se oyó por encima de los truenos.

—¿Sabes? Esta misma mañana he recibido otra carta de Pascual. Hoy mismo vendrá a visitarme.

Sentí un enorme asombro al escuchar a mi padre y, en la soledad de mi vehículo, quedé helado de frío y espanto.

Cuando quise replicar, la comunicación se cortó de forma súbita. El primer sentimiento de horror me paralizó un segundo, luego, más sereno, arranqué el motor y me puse otra vez en la carretera.

La lluvia seguía cayendo a raudales y los relámpagos se sucedían uno tras otro. La densa lluvia me impedía ver con claridad, lo único que podía ver eran las rachas de agua que se agitaban sobre los faros del coche.

Atravesé dos pueblos y tomé un ramal secundario.

Casi seis horas después aparqué junto a la puerta de casa. En ese momento me crucé con mi madre y, visiblemente alterado, le pregunté por mi padre.

—Supongo que debe de estar en casa con su amigo —replicó mi madre pasmada.

Inmediatamente, entré en casa. Avancé torpemente hacia el salón y, entonces, vi el cuerpo sin vida de mi padre. Estaba sentado en la mecedora. Contuve la respiración, sus facciones habían adquirido aquello que refleja la muerte: ojos casi colgando de sus órbitas y boca desencajada.

Los terribles alaridos de mi madre me hicieron sobrecoger.

Llevé a mi madre, a mi mujer y a mi hija hacia la cocina; no quería que presenciaran por más tiempo aquel espanto.

Con la cabeza encogida sobre mis hombros, volví al salón. Avisé a la policía y, en silencio, observé con detenimiento el cadáver de mi padre. Extrañado, vi cómo un trozo de papel sobresalía de uno de sus bolsillos. Dudé, pero en mi fuero interno, me juré llegar hasta el final de aquel angustioso y terrible suceso.

Me puse unos guantes, para no alterar la escena, y me hice con el papel.

Era otra carta de Pascual.

Sí.

Otra maldita carta.

Hola, mi buen amigo.
Me invade de tristeza el saber que estás sufriendo de un modo tan agónico, y por ello estoy en la obligación de ir a verte ya mismo. Te aseguro, mi buen amigo, que con mi presencia todo tu dolor desaparecerá.
Tu amigo Pascual.

¿Cómo era posible que alguien que llevaba cincuenta años muerto pudiera escribir semejantes cartas?

Un nudo apretó mi estómago y mi mente confusa no encontró respuesta.

Días más tarde, me despedí de mi mujer e hija, esta última debía de retomar las clases y me quedé un tiempo con mi madre. Me asolaba la idea de dejarla sola en un momento trágico como aquel.

Una mañana, alguien aporreó la puerta. En esos instantes, me encontraba solo en casa, mi madre había ido al mercado a por pescado y algo de fruta.

Dejé sobre la mesa la revista que estaba ojeando y, parsimonioso, caminé hacia la puerta. Al abrirla sentí un enorme asombro al no ver a nadie. Durante unos segundos no supe qué hacer. Entonces, incliné la mirada hacia el suelo y vi un sobre blanco.

Confieso que me llevé un susto terrible.

Miré hacia ambos lados, pero no logré ver a nadie. Me agaché, cogí el sobre y cerré la puerta. Ya en el interior de la casa lo abrí con manos temblorosas, en su interior había una carta.

Una carta escrita por mi padre.

> *Hola, hijo.*
> *Supongo que estarás sorprendido por recibir esta carta, pero soy consciente de que debo liberarte del terrible sufrimiento que en silencio acarreas. Cometiste un grave error al confiar en aquella fulana. Por ese motivo, tengo que anunciarte la proximidad de mi visita.*
> *Un beso, papá.*

Arrojé la carta al suelo y mi cuerpo se retorció de forma espasmódica. Angustiado y terriblemente confuso, subí a mi habitación, tanteando cada peldaño y aferrándome a la barandilla. Me encontraba mareado, y mis piernas flojeaban. Al llegar a la habitación, me arrojé sobre la cama.

¿Se trataba todo aquello de una broma?

No.

No era una broma.

¿Queréis saber cuál fue mi error?

Después del funeral de mi padre, me marché a la ciudad. La verdad es que necesitaba distraerme, evadirme por unos momentos, del sufrimiento que acarreaba el repentino fallecimiento de mi padre. Entré en un bar de carretera y me pedí una copa de Brandy. Atrás, una voz femenina de suaves tonos, me susurró al oído si la invitaba a una copa. Ladeé la cabeza y giré la vista hacia atrás. Ante mí había una exuberante mujer, de cabellos intensamente rubios. Vestía con una falda demasiado corta y una blusa blanca y transparente, que dejaba ver perfectamente sus pequeños senos. Su piel era muy blanca y el contraste con los labios, de un morado intenso, me resultó sumamente excitante.

Afirmé con un movimiento de cabeza y la invité a una copa.

Luego a otra.

Y a otra.

Una sonrisa irónica cruzó su pálida cara y me preguntó si me gustaba su cuerpo. La miré directamente a los ojos, y lancé una carcajada jubilosa.

¡Cómo no iba a gustarme! Aquella mujer era lo más parecido a una Diosa.

Ella se relamió los labios con la punta de la lengua y deslizó sus manos hacia mi entrepierna. Noté la calidez de su mano abrirse paso entre mi pene.

—Arriba hay habitaciones.

Me guiñó un ojo y me invitó a subir. Estaba tan excitado, que no pensé ni por un instante en mi mujer.

Me cogió de la mano y subimos a la planta superior. Entramos en una de las habitaciones y me quité toda la ropa, luego me arrojé sobre la cama. Me puse sobre ella y noté la suavidad de su piel. Excitado, me vi envuelto en un ardiente deseo de poseerla.

Y lo hice.

Mis embestidas fueron salvajes, más propias de un animal que de una persona. Extasiado de placer, eyaculé en su interior. Al principio ella se negó a practicar sexo sin ningún tipo de precaución, pero logré convencerla, pagándole el doble por el servicio.

una vez saciado ella me empujó hacia un lado de la cama y me informó de que el tiempo había terminado. Exhalé un suspiro de fastidio, pero no tuve otra opción que resignarme.

Me besó por última vez en la comisura de los labios y, con una voz sensual, me informó que me había dejado una sorpresa en el cuarto de baño. Luego salió de la habitación sin más.

Me quedé unos minutos allí tumbado, en mitad de una quietud absoluta, y pensé en el tipo de sorpresa que podía ser. Al principio creí que sería cualquier tipo de droga. Intrigado, me incorporé de la cama y abrí la puerta del cuarto de baño. Entonces, mis ojos desorbitados se fijaron en el espejo.

Me estremecí de repente y a punto estuve de perder la cordura. Me arrodillé en el suelo y un horrible alarido brotó de mi garganta.

Sobre el cristal del espejo había un mensaje escrito con pintalabios rojo.

Bienvenido al mundo del sida

Un sentimiento de angustia se apoderó de mí. Bajé corriendo al local y mis ojos buscaron desesperadamente a la mujer, pero cuál fue mi sorpresa, que no solo no la vi, sino que nadie parecía conocerla.

Abatido, abandoné el lugar con paso vacilante.

Tiempo después, y a espaldas de mi mujer, me hice las pruebas del sida que, por supuesto, dieron positivo.

Una semana más tarde, recibí otra carta por parte de mi padre:

Hola, hijo.
Tú muerte está resultando ser demasiado lenta y tortuosa, y sé que temes contagiar a tu familia. Ya no debes preocuparte más por ello. Tres días después de recibir esta carta te visitaré, y todos tus males terminarán.
Un beso, papá.

Hoy hace tres días que decidí leer la carta.

Aquí termina el relato de los hechos acontecidos estos últimos meses de mi vida. Tengo que deciros que mi padre está aquí a mi lado y me observa con cierta impaciencia.

FIN

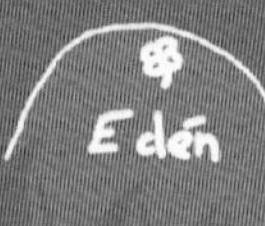

UNA CASA EN MITAD DEL CEMENTERIO

Una casa en mitad del cementerio

2 de diciembre.

La copa bailoteó en su mano, desparramando el coñac por la alfombra. El anciano parecía aterrorizado como si hubiese estado cara a cara con el propio Diablo.

Se incorporó del sofá y vacilante caminó hacia la ventana. Sus ojos viejos y cansados contemplaron gravemente a su perro. El tono de sus ladridos le hizo sentir escalofríos. Se vistió apresuradamente, poniéndose ropa de abrigo y salió al exterior.

—Muchacho, no sé por qué razón te muestras tan nervioso, pero lo averiguaremos de inmediato —le susurró a su perro, a la vez que lo acariciaba—. Vamos, guíame.

Caminó junto al perro que estaba alegre y energético. Su preocupación parecía estar creciendo en su interior. Cruzaron un pequeño sendero y atravesaron un antiguo cementerio indio.

»Cada vez que tengo que pisar estas tierras, se me erizan los cabellos« —susurró el anciano, refiriéndose al cementerio.

De repente, el perro se detuvo bruscamente frente a una casa que llevaba más de una década deshabitada.

La cara del anciano se puso gris; había soñado con aquella casa. Las »señales« que había recibido de aquel lugar habían sido desconcertantes.

—Lo sé —le increpó al perro—. Sé que en el interior de esa casa van a suceder cosas terribles, pero de momento, salvo esperar, poco o nada podemos hacer. Ni siquiera sabemos con certeza de que vaya a ocurrir algo, puede que me haya equivocado en las interpretaciones.

De súbito, en el más absoluto silencio, el perro volvió a ladrar y corrió hacia una de las ventanas, cuyo cristal estaba roto.

—No podemos entrar pese a estar deshabitada, esta casa tiene dueño.

Cuando quiso darse cuenta, su perro ya se había colado por la ventana.

—»Ojalá la interpretación de las señales no haya sido más que un error« —susurró para sus adentros.

Hacía más de dos décadas que tenía »visiones«, siempre borrosas y difíciles de interpretar. En ocasiones pensaba que aquello había sido un castigo de Dios. Había transcurrido cerca de veinte años desde el terrible accidente de tráfico. Su imprudencia al volante, le costó la vida a una niña de apenas ocho años que cruzaba la carretera detrás de su pelota. Justo en ese instante, él no estaba centrado en la carretera, sino que intentaba sintonizar una emisora de radio. Cuando alzó la vista, fue demasiado tarde. El fuerte impacto destrozó el frágil cuerpo de la niña. Aún, veinte años después, seguía oyendo el sonido de aquel terrible impacto, los desgarradores gritos de dolor, los lamentos y el sonido de las sirenas.

Afligido por la muerte de la niña, no fue lo suficientemente fuerte para superar la culpa y se arrojó al vacío desde la ventana de su habitación. Vivía en un quinto piso y pensó que la caída iba a ser mortal.

Se equivocó.

Dios tenía otros planes para él.

Permaneció en estado de coma durante un periodo de cuatro meses y en ese espacio de silencio y brumas extrañas algo le sucedió.

Cuando despertó del coma, intentó olvidar las imágenes borrosas que habían desfilado por su mente confusa, pero cada vez que cerraba los ojos, se repetían una y otra vez, perturbando así su descanso. Se despertaba sobresaltado, luego permanecía en absoluto silencio e intentaba esclarecer aquellas imágenes.

Agua.

Una muñeca embarazada.

Una imagen de Cristo, nuestro Señor, con el rostro cubierto de sangre.

¿Qué significaba todo aquello?

Entonces algo sorprendente ocurrió; mientras desayunaba, vio en la televisión una noticia que lo hizo estremecerse de abajo a arriba.

»La niña de diez años, Amanda Martín, famosa por los anuncios de la controvertida muñeca "Wendy premamá", desapareció anoche cuando salía de su casa para arrojar la basura a un contenedor situado a escasos metros de su propio hogar«.

No quería alimentar su imaginación con absurdas teorías y creyó que la visión de la noche anterior y la desaparición de aquella niña no eran más que una mera coincidencia.

Se equivocó.

En los días posteriores no se despegó del televisor, quería saber todos los detalles de la investigación que estaba llevando a cabo la Guardia Civil.

El pueblo entero se volcó en la búsqueda de la niña, pero después de tres días de peinar cada centímetro de los alrededores, la pequeña seguía sin aparecer.

Mientras, él seguía teniendo la misma visión una y otra vez.

Muñeca en cinta.

Agua.

La imagen de Cristo, nuestro Señor con la cara manchada de sangre.

Un hecho precipitó los acontecimientos. El párroco del pueblo se mostró en todo momento consternado por la desaparición de la niña y, en un tono sereno, habló en televisión. Rogó a los presuntos secuestradores que la entregaran sana y salva.

Mientras eso sucedía, él se encontraba en el salón, siguiendo con atención la conmovedora rueda de prensa del párroco, cuando, de forma repentina, su cuerpo se convulsionó de forma violenta.

¡Era él!

Al principio no fue consciente de la gravedad del asunto, ni de las trabas que se iba a encontrar dentro de la Guardia Civil, pero, finalmente, la Unidad Central Operativa (UCO) trabajó en ello, y logró la confesión del párroco.

La casa parroquial estaba situada justo enfrente del hogar donde vivía Amanda con sus padres. Cuando el párroco vio a la pequeña a través del ventanal, se hizo con una figura de mármol de unos treinta centímetros, del rostro de Cristo, nuestro Señor, y salió hecho una furia. Odiaba a esa niña por haber protagonizado los anuncios de »Wendy premamá«, una muñeca aberrante y alejada de los valores que la iglesia pretendía inculcar a los niños. Sin mediar una sola palabra, la golpeó en la cara con violencia y la cogió entre sus brazos. La entró en la casa parroquial, la ahogó en la bañera y la emparedó en una de las habitaciones de la planta superior.

La terrible noticia dio la vuelta al mundo.

Las señales habían resultado ser claras.

Muñeca en cinta; Wendy premamá.

Agua; bañera donde fue ahogada.

Imagen de Cristo, nuestro Señor; el arma con la que la golpeó en la cara de forma violenta.

Cuando el párroco fue detenido, aquella visión en particular dejó de perturbarlo; sin embargo, vinieron otras.

La última que enturbiaba su mente era la siguiente.

La tapa de un libro con el título borroso.

Un columpio con restos de sangre.

Y una fosa.

—¡Negrito!

Llamó a su perro, que había desaparecido en el interior de la casa. Buscó en su abrigo la pequeña linterna que siempre portaba consigo y la encendió. Pese a llevar casi una década vacía, la casa estaba impecable.

—¡Negrito!

Lo volvió a llamar. La severidad se iba adueñando de su rostro. De pronto, oyó los ladridos de Negrito a su espalda. Dio media vuelta, y avanzó por el pasillo cautelosamente. Salió a la parte trasera de la casa y vio que Negrito olfateaba nervioso el columpio.

—Es aquí —susurró—. Sea lo que sea lo que vaya a ocurrir, sucederá aquí.

Negrito mantenía el hocico en el columpio.

El anciano se frotó los ojos y, más tranquilo, intentó mantener la mente despejada.

¿Qué podía hacer?

La respuesta era muy sencilla.

Nada.

Negrito lo miró y ladró con insistencia.

—Lo sé, chico. Lo sé —le apremió acariciándole las orejas—. Pero de momento no podemos hacer nada —Negrito pareció entenderlo—. No temas, estaremos preparados.

10 de diciembre.

—¿Qué le parece la casa?

Luis no contestó de inmediato, estuvo un momento en silencio.

—Me la quedo —sonrió a la vez que firmaba el contrato—. Imagino que mandará a alguien para que la acondicione.

—Por supuesto —replicó el agente inmobiliario, sin borrar un ápice la sonrisa de su cara—. Cuando usted venga con su familia, la casa estará resplandeciente. Y ahora, si me disculpa, tengo que volver a la ciudad.

Luis asintió con un movimiento de cabeza y se despidió del agente inmobiliario. Luego se quedó de pie en mitad del salón, estaba un tanto atontado. Cerró todas las ventanas y, antes de volver a la ciudad, decidió dar un paseo por los alrededores. Caminó a paso lento, disfrutando del aire puro. Sin embargo, hubo un momento en que se sintió intranquilo. Sus pies parecían hundirse bajo la tierra que estaba pisando, tenía la terrible sensación de que alguien lo estuviera arrastrando hasta el interior de la tierra. Dio un respingo y su cara se transformó en algo horrible. Luchó desesperadamente por no perder el equilibrio, pero finalmente cayó al suelo. Sintió como si algo, o alguien, lo hubiese empujado con violencia. El primer sentimiento de horror lo paralizó, pero luego se incorporó. Estaba pálido y conmocionado.

¿Qué había pasado?

Recorrió con la mirada el suelo, incrédulo una vez más por lo ocurrido. Se limpió la tierra que había quedado adherida a su ropa y, asustado, avanzó con pasos inseguros. De súbito, oyó unos feroces ladridos. Lejos de sentirse temeroso, siguió el rastro de los ladridos. Los árboles abundaban en aquellos parajes. Pronto vio una casa mezclarse entre la espesura del bosque, era grande, más incluso que la suya, y estaba situada en una hondura que la ocultaba de cualquier curioso. Aquella casa le dio malas vibraciones, pero, aun así, la curiosidad lo venció. Con los nudillos golpeó la puerta de madera y el sonido de unos feroces ladridos lo hicieron retroceder unos pasos. Tras unos segundos de espera, la puerta se abrió y se encontró con un anciano de gran envergadura. Su pelo era largo y de color blanco y, a pesar de su avanzada edad, era un hombre fuerte, con buenos músculos en los brazos. Los ojos penetrantes eran oscuros. A su lado, un perro, con unos dientes capaces de decapitar a un hombre con un solo bocado, parecía encontrarse muy nervioso.

—No se asuste, es inofensivo —le tranquilizó el anciano con tono amable—. Pero entre, fuera hace un frío de mil demonios.

Luis entró haciendo un gesto de aceptación.

—Acérquese al fuego —indicó el anciano—. ¿Le apetece una copa de brandy? Le ayudará a entrar en calor.

Luis sonrió en muestra de agradecimiento.

—Me parece estupendo.

Instantes después, el anciano le entregó la copa de brandy.

—Toma. Ahora dime, ¿qué puedo hacer por ti?

Luis dio un trago a la copa y se presentó.

—Acabo de alquilar la casa situada al otro lado del riachuelo. Estaba dando un paseo cuando escuché los ladridos de su perro.

El anciano miró al perro y sonrió.

—Sí. En ocasiones es algo molesto, pero desde que murió mi esposa, »Negrito« es mi única compañía —su tono fue de tristeza.

—Lo siento, yo no sabía...

—No se preocupe —atajó el anciano—. Hace diez años que murió, desde entonces, Negrito y yo vivimos solos aquí.

El perro volvió a ladrar muy fuerte.

—Últimamente está un tanto nervioso —sentenció el anciano apurando la copa de brandy.

Luis se quedó cortado unos segundos.

—Lo siento, pero se me ha hecho tarde, y tengo que volver a la ciudad. Volveré para pasar la Navidad con mi mujer e hijo. Ha sido todo un placer conversar con usted.

—El placer ha sido mutuo —replicó el anciano, quien acompañó a Luis hasta la puerta. Esperó allí de pie durante unos instantes. Atrás, el perro ladró. Se arrodilló, y le acarició las orejas

—Sé por qué estás tan nervioso, yo también lo he visto. Pero olvida tan absurdos temores.

Cuando Luis volvió a casa, arrastrando los pies por el fangoso camino, la bruma que flotaba en el aire se iba disipando. Su intención era la de partir de inmediato a la ciudad, sin embargo, se recostó, en el sillón y se fumó un cigarrillo.

Más tarde, se aseguró una vez más de que todo estaba bien cerrado y se marchó.

Hacía solo diez minutos que estaba en la carretera, cuando los relámpagos se sucedieron uno tras otro. El asfalto de la carretera brillaba tenuemente con los charcos que había a uno y otro lado.

La tensión crecía en su interior. Odiaba conducir en aquellos días lluviosos. Se inclinó sobre el volante y, mientras conducía con precaución, intentaba encontrar una explicación lógica a lo sucedido en el bosque.

¿Había sido real? ¿Lo habían aferrado de los tobillos y luego empujado de forma violenta al suelo?

Apretó con fuerza la mandíbula y se sumergió en un apacible silencio, en una calma profunda. Estaba confundido, abrió la guantera y cogió un pañuelo para limpiarse el sudor frío de la frente. Luego se miró en el espejo retrovisor, se miró despavorido.

Aquel no era su rostro.

Alucinado, se tocó la cara con la mano.

De pronto, una faz hórrida, con la boca desencajada en una sonrisa macabra, lo miró a través del espejo retrovisor. Impresionado, dejó escapar un grito y se echó atrás bruscamente. Detuvo el coche a un lado de la carretera, cerró los ojos y exhaló un profundo suspiro. Todavía estremecido por el susto, abrió los ojos y contempló la carretera.

18 de diciembre

—¿Estás contento?

—¡Mucho, papá! —exclamó Manuel—. ¡Ya tenía ganas de ver la casa!

—Te gustará mucho, ya lo verás —insistió Luis, mientras lo acomodaba en el asiento trasero—. ¿Lo tenemos todo?

Miró a su mujer esperando una respuesta.

—Sí —contestó ella.

—Entonces, vámonos.

—¡Sí, vayámonos, papá!

El anciano intentaba evadirse de las terribles visiones que flotaban en su mente con la lectura de un libro. Solo así conseguía olvidarse del mundo. Su mente »viajaba« con facilidad a los lugares descritos en el libro.

Se frotó los ojos, estaban cansados, eran viejos, pero se resistía a ponerse gafas.

Cerró el libro y lo dejó a un lado de la mesa.

La casa estaba sumida en un silencio absoluto. Dio un sorbo a la copa de vino y la volvió a llenar, cerró por un momento los ojos, estaba terriblemente cansado. Como iba siendo habitual en los últimos años, apenas había podido pegar ojo en la noche. Se incorporó de la butaca y se paseó nerviosamente por el salón. De vez en cuando, miraba por la ventana y luego volvía a la butaca para sumergirse una vez más en la trama del libro.

Luis conducía su coche por las serpenteantes carreteras. Las primeras gotas de lluvia impactaron sobre el cristal del parabrisas y, en cuestión de pocos minutos, la lluvia cayó a raudales, y Luis no tuvo más remedio que reducir la velocidad.

—Papá, ¿falta mucho para llegar? —resopló su hijo, aburrido del largo y tedioso viaje.

—No. Ya casi hemos llegado.

Atravesaron una aldea abandonada, justo en el instante en que estallaba un relámpago.

Luis dio un respingo y fijó su mirada en la carretera. Tomó un camino sin pavimentar, que ascendía por la ladera de la montaña.

—Ya hemos llegado —anunció Luis sonriente.

Emocionado, Manuel, contempló la casa con ojos bien grandes. Abrió la puerta del coche y corrió hacia la casa.

—¡Vamos! —apremió a sus padres.

Luis sonrió y bajó del coche.

—Mientras deshacéis las maletas, yo iré abriendo las ventanas, para dejar entrar el aire.

Manuel estaba impresionado.

—¡Me encanta! —exclamó con brillo en los ojos.

A Lucía también le gustó.

—¿Verdad que es fantástica? —inquirió ella sonriente.

—¡Sí!

Manuel dejó que su madre deshiciera las maletas y, con rostro de fascinación, inspeccionó cada rincón de la casa.

Luis entró en una de las habitaciones y, estupefacto, contempló cómo la puerta de la habitación se cerraba violentamente a su espalda.

—¡Qué coño...! —murmuró con semblante serio.

Cuando los incesantes rayos disiparon la oscuridad, vio que el suelo de madera se resquebrajaba a sus pies y que una forma oscura y amorfa se plantaba ante él. Sus ojos grandes parecían desprender chispas de fuego.

—Nunca debiste pisar la tierra que nos da el descanso eterno —gruñó la »cosa«.

Luis parpadeó y miró fijamente al horrible ser.

—Tú y tu familia, pagaréis por haber perturbado nuestro descanso.

Aterrado, Luis dio la espalda y corrió hacia la puerta. La »cosa«, sin mover un solo músculo de su cara, volvió a hablar en tono amenazante.

—No podrás abrir esa puerta.

Un alarido de terror brotó de la garganta de Luis.

—No te esfuerces en gritar, nadie oye tus lamentos.

Luis se dejó caer en el suelo y ocultó la cabeza entre sus rodillas.

—¿Qué... quieres... de mí? —farfulló aún asombrado.

La »cosa« permaneció en silencio durante unos instantes. Entonces, se arrastró hacia Luis y le susurró al oído.

—¡No! —exclamó Luis, aterrado—. ¡No puedo cometer semejante barbarie!

—Sí puedes —convino la »cosa«—. Ya has empezado y, tarde o temprano, no tendrás más remedio que ceder a ellos.

Luis cerró los ojos.

—¿Papá?

La voz de su hijo lo devolvió a la realidad.

—Jodido crío —farfulló Luis, visiblemente irritado—. ¡Ya voy!

—¿Por qué te has encerrado con llave, papá? —se extrañó conociendo la fobia que sentía su padre por los lugares cerrados.

—Estoy comprobando todas las puertas y ventanas. Esta casa es muy vieja y no me gustaría que mamá y tú sufrierais ningún tipo de accidente.

—No te preocupes, papá, iré con mucho cuidado.

—Sí. Estoy seguro de ello.

—¿Papá, cuando deje de llover, podré dar una vuelta por los alrededores?

Luis reflexionó. ¿Y si le sucedía a su hijo lo mismo que le sucedió a él?

—Está bien —dijo al fin—. Pero con una condición —advirtió.

—¿Cuál?

—Que no te alejes mucho de la casa. El bosque es muy extenso, y podrías perderte fácilmente. ¡Y una cosa! Si te encuentras con un anciano y su perro, no temas, los conozco y son de fiar.

—Vale.

Media hora más tarde, aprovechando que la lluvia había dado una tregua, Manuel salió al exterior. El bosque estaba sumido en un silencio absoluto. Lo único que lograba oír, eran los constantes latidos de su corazón. De repente, por encima de aquel silencio tan espectral, oyó los feroces ladridos de un perro. Al principio se asustó, pero luego recordó las palabras de su padre y se relajó.

El perro corrió hacia él mientras ladraba y gruñía ferozmente. Atrás, el anciano caminaba con rostro de preocupación.

El perro lo llegó a asustar y, cuando estaba convencido de que lo iba a atacar, le lamió la mano y jugueteó a su alrededor.

—Siento mucho de que te hayas asustado, pero no temas, Negrito es inofensivo.

La amistosa voz del anciano lo tranquilizó.

—¿Negrito? —inquirió divertido—. Bonito nombre.

—¿Estás solo?

—No. He llegado hoy mismo con mis padres. Hemos alquilado una casa aquí cerca —señaló con la mirada hacia atrás.

El anciano pareció dudar unos instantes.

—Conozco a tu padre —afirmó, sin dejar de acariciar las orejas de Negrito.

Sin precio aviso un denso chaparrón oscureció el ambiente.

—Será mejor que te lleve a casa, o cogerás una buena pulmonía.

Negrito gruñó y miró hacia delante.

—¡Papá! —exclamó Manuel, al ver a su padre caminar en su dirección.

Alterado, Negrito aceleró hacia Luis, y sus dientes afilados rasgaron las vestimentas de Luis.

—¡Negrito, quieto! —se alarmó el anciano, dando un paso al frente.

—¡Quíteme a este maldito perro de encima! —gritó Luis, perdiendo el equilibrio y cayendo al húmedo suelo.

Al caerse hacia atrás, se golpeó la cabeza con una piedra y se quedó varios segundos aturdido.

Lejos de sentirse asustado, Manuel corrió en ayuda de su padre. El anciano intentó detenerlo, temía que Negrito lo lastimara a él también o algo mucho peor.

—¡Deja a mi papá! —gritó Manuel, con los ojos bañados en lágrimas.

Al oír los llantos de Manuel, Negrito hizo caso y dejó de rasgar los ropajes de Luis, quien, conmocionado, se arrastró hacia atrás.

Negrito miró a Manuel, lo escudriñó de arriba a abajo y, acercándose a él, le volvió a lamer las manos. Sorprendido por la reacción del perro, Manuel lo acarició.

—¡Cómo se te ocurre acariciar a ese perro, después de que me haya atacado! —se enfureció Luis, poniéndose de pie—. ¡Y a usted, pienso demandarlo! —gritó al anciano con rabia.

Manuel se asustó. Nunca había visto a su padre perder el control de ese modo.

Negrito giró la cabeza, en dirección a Luis, y gruñó amenazante.

—Siento mucho lo ocurrido —se sinceró el anciano—. Es la primera vez que Negrito ataca a alguien.

Enfurecido, Luis asió a su hijo de la mano y se marchó maldiciendo al anciano, quien se quedó allí plantado, observando cómo padre e hijo se fundían en la espesura del bosque. Luego miró a Negrito con ojos de tristeza.

—Sé que has actuado por el bien de ese chico, pero no tenemos la certeza de que vaya a ocurrir. Mis interpretaciones no son todo lo claras que me gustaría.

Negrito gruñó.

—Venga, vamos a casa.

—¡Dios mío! ¿Qué ha sucedido? —Se alarmó Lucía al ver el estado de su marido—. ¿Te encuentras bien?

Luis no contestó y, furioso, siguió caminando hacia su habitación.

—Lo atacó un perro, mamá —se adelantó Manuel, tiritando de frío.

La lluvia había empapado su ropa.

—Ve a secarte y luego hablaremos de lo ocurrido.

Manuel asintió y fue directo a su habitación. En cambio, Luis se detuvo unos instantes y miró con temor hacia la ventana.

—Cariño, si no te cambias de ropa, cogerás una buena pulmonía —recomendó Lucía en voz baja y preocupada.

—Ya voy.

La voz de Luis sonó extraña, ausente. Desvió la mirada y, sin mirar a su mujer, caminó despacio hacia su habitación.

Lucía dudó unos instantes, pero finalmente, se decidió a entrar en la habitación de su hijo.

—¿También te atacó el perro? —quiso saber, sentándose sobre los pies de la cama.

—No —la tranquilizó Manuel—. Todo fue muy... extraño.

—¿Extraño?

—Sí. El perro se mostró muy agresivo con papá, sin embargo, conmigo no. Tuve la sensación como si me estuviera protegiendo de algo o de alguien.

Lucía frunció el ceño y, sin saber el motivo, sintió un miedo repentino.

Luis estaba en el centro de la habitación, rígido como un poste. Aún no se había quitado la ropa. Disfrutaba oyendo el golpeteo de la lluvia sobre los cristales de la ventana.

Apoyó la cabeza en las manos y gimió. A su espalda, oyó el sonido de unos pasos. Lentamente desvió la mirada. La sonrisa del ser amorfo lo invadió de una furia salvaje. Se irguió poco a poco, mientras su cuerpo temblaba de frío.

—¿Por qué sonríes? —Escupió.

El ser amorfo no borró la sonrisa de su cara.

—Profanaste nuestro descanso, nunca debiste pisar la tierra donde fuimos enterrados.

—¡No quise hacerlo! —gritó Luis, envuelto en una furia descontrolada—. ¡No sabía que aquel era un lugar de descanso!

Quiso golpear a la siniestra figura. Temblando de rabia, apartó las pupilas de aquellas otras que ahora brillaban como estrellas.

—Debes de ofrecernos el sacrificio.

—¡No!

—¡Lo harás!

El cuerpo del ser uniforme se contorsonió de forma violenta.

—Hay destinos peores que la propia muerte y, si no nos ofreces el sacrificio, tú y tu familia sufriréis un destino mil veces peor que la muerte.

Luis se puso rígido.

—Vale —farfulló rechinando los dientes—. Os daré a mi mujer y a mi... hijo, como sacrificio.

Terriblemente apenado, abrió la ventana y dejó que el viento frío golpease en su cara.

Manuel abrió los ojos. Tenía la sensación de estar siendo observado. ¿Otro visitante de dormitorio?

Aquellas »visitas« lo aterrorizaban. En especial la primera vez que algo lo »visitó«. Tenía cinco años cuando sucedió y, aunque sus padres se esforzaron para convencerlo de que tan solo había sido una pesadilla, él supo que aquella presencia había sido real.

La noche en la que sucedieron los hechos, él se fue a la cama nervioso. A la mañana siguiente, empezaba por primera vez las clases en su nuevo colegio y le costó una barbaridad poder conciliar el sueño.

Estaba durmiendo boca a arriba, cuando notó un gélido viento en la cara. Extrañado, abrió los ojos. Lo que más le aterrorizó de aquella noche fue que al abrir los ojos no pudo moverse. Dormía siempre con la luz de la lamparilla encendida y entonces lo vio. No se molestó en gritar. Por alguna razón, sabía que de su garganta no iba a salir sonido alguno.

El ser estaba sobre los pies de su cama. Debía de medir dos metros o incluso más, vestía con una túnica negra y su cara se asemejaba a la de una lechuza. Sus ojos eran grandes y rojos. Permanecía quieto y lo miraba fijamente. En sus garras sostenía algo rojo y rectangular. Él intentó moverse, pero estaba paralizado, tan solo podía mover los ojos y aquel simple gesto le era molesto y pesado.

El ser se le acercó, emitiendo extraños sonidos, horribles lamentos y, cuando posó sus garras peludas sobre su vientre, consiguió gritar. De pronto, la puerta de su habitación se abrió de forma violenta y, con rostros de pánico, sus padres irrumpieron en la habitación. Su madre fue la primera que le preguntó por lo ocurrido y él, con voz trémula, les relató lo ocurrido. Como era de esperar, no le creyeron y le aseguraron que tan solo había sido una pesadilla.

Pero pocos meses después tuvo dos experiencias igual de aterradoras.

Sin embargo, en aquella ocasión, era totalmente distinto. No se sentía observado por ningún »visitante de dormitorio«, ya que su cuerpo no estaba paralizado, como sí ocurría siempre que tenía una de las aterradoras visitas.

Con la mano derecha tanteó el interruptor de la luz, aquel era el primer año que conseguía dormir con todas las luces apagadas. Con ayuda psicológica, había logrado vencer el miedo a la oscuridad.

Tembloroso, consiguió encender la luz, y fue entonces cuando advirtió que quien estaba sobre los pies de la cama no era otro que Negrito. Rápidamente, miró hacia la ventana, estaba abierta, el viento gélido se colaba en la habitación. No se asustó por aquella inesperada »visita«, sino todo lo contrario.

—Ven —le susurró—. ¿Sabe tu dueño que estás aquí?

Negrito se puso tenso y de un salto bajó de la cama. Fue hacia la puerta y gruñó.

—Negrito, ¿qué pasa? —habló Manuel en voz baja, temeroso de que su padre los pudiera oír—. Ven aquí. Si mi padre nos oye, se enfadará mucho conmigo.

Negrito pareció entenderlo. Dio media vuelta y, de un salto, salió por la ventana. Manuel cerró la ventana y volvió a la cama en el preciso instante en que la puerta de su habitación se abría.

—¿Manuel?

La voz de su padre sonó serena. No estaba enfadado. Exhaló un suspiro de alivio y se hizo el dormido. Escuchó los pasos de su padre atravesando la habitación muy despacio.

—Hijo, ¿estás despierto?

De súbito, los ladridos de Negrito rompieron el silencio.

—»Jodido perro de mierda«.

Luis miró a su hijo, quien permanecía dormido y, furioso, salió de la habitación. Bajó al sótano. En una de las paredes tenía colgada una escopeta de caza. Abrió el cofre donde guardaba la munición y cargó el arma.

»En cuanto lo tenga a tiro, le vuelo la cabeza«, pensó fríamente. Con una sonrisa de triunfo marcada en su rostro, apuntó hacia la cabeza del perro. Negrito gruñía, lo miraba fijamente, como retándolo a un duelo. Luis no apartó la mirada y, con la mente llena de imágenes, se dispuso a apretar el gatillo.

—¡No dispare!

Los gritos del anciano eran acalorados.

Fastidiado, Luis desvió la mirada. El rostro del anciano estaba pálido. Un frenesí asesino se agazapó a su alma y se le cruzó la idea de matar al anciano, sin embargo, lo pensó mejor y bajó el arma.

El anciano exhaló un suspiro de alivio y, más relajado, desvió la mirada hacia una de las ventanas.

Manuel había estado contemplando la escena, incrédulo.

»No temas, pequeño, no dejaré que te suceda nada a ti«.

Manuel dio un respingo al escuchar dentro de su mente la voz del anciano.

¿Cómo era posible? El anciano estaba a una distancia más que considerable de la ventana.

La sonrisa del anciano apaciguó su terror y vio cómo desaparecía con Negrito entre las tinieblas de la noche.

Sin entender muy bien lo que había sucedido, volvió a la cama y, aunque le costó conciliar el sueño, se quedó dormido.

—Sé que estás muy preocupado por la seguridad del chico, pero te prohíbo de forma tajante que vuelvas a colarte en su casa.

La voz del anciano era suave, no podía reprocharle nada a Negrito porque, para bien o para mal, había actuado de forma correcta.

—Entiendo que puedas sentirte decepcionado conmigo, incluso que estés molesto por no haber actuado ya sobre el mensaje de mis visiones, pero... no son todo lo claras que me gustaría y puede que ese hombre no vaya a convertirse en un asesino—. Esto último lo dijo sin mucha convicción. Negrito estaba a su lado, alegre y enérgico como siempre.

—Vamos a dormir un poco. Mañana será otro día.

El anciano cerró la puerta de la casa con llave y fue hacia su habitación. No se quitó la ropa para dormir y mantuvo entre sus viejas manos un revólver que llevaba cerca de quince años con él, pero que aún no había utilizado.

19 de diciembre.

—¡Está nevando! —Los ojos de Manuel brillaron de felicidad, era la primera vez que veía nevar—. ¡Venid! —exclamó irrumpiendo en la habitación de sus padres.

Lucía tardó en despertar, pero Luis dio un respingo y se incorporó de la cama. Desdeñoso, miró el reloj.

—¿Qué haces levantado tan temprano? Apenas son las siete de la mañana.

Manuel no contestó, su mirada estaba fija en la ventana.

—Precioso, ¿verdad? —Inquirió Luis, situándose junto a su hijo.

—Mucho, papá —replicó Manuel, contemplando fascinado la nieve—. ¿Podemos salir y hacer un muñeco de nieve?

Luis sonrió.

—Claro. Pero primero debemos desayunar un poco, o no tendremos fuerzas para hacer el muñeco.

La nieve había empezado a caer con demasiado fuerza en el peor momento y el anciano la contempló gravemente con ojos reflexivos, el espeso manto de nieve. A su vez, miró a Negrito, quien parecía entender la gravedad del asunto, y ladró a su dueño.

—¿Qué quieres que haga? —le increpó—. No podemos aventurarnos a salir.

Volvió a mirar hacia el exterior. La fuerza de la tormenta iba en aumento. Cerró los ojos y su mano se extendió, apoyándose en la pared. La visión había vuelto a adentrarse en su mente, causándole un intenso dolor de cabeza. Pese a que los sufría con bastante frecuencia, no había terminado de acostumbrarse a ellos y, en ocasiones, el dolor era tan intenso, que transcurrían horas enteras retorciéndose en el suelo. El dolor era como fuertes punzadas, como si su cerebro fuese atravesado por millones de alfileres. Cuanto más nítida era la visión, más intenso era el dolor.

Negrito ladró, pero el anciano apenas lo oyó. El dolor era tan intenso que perdía la vista y la audición. Cayó al suelo entre fuertes convulsiones. El primer sentimiento de pánico lo paralizó, luego se levantó entre desgarradores gritos de dolor.

—Dios mío, lo va a hacer. Va a matar a su familia —logró decir, mientras observaba cómo Negrito correteaba a su alrededor—. No... no puedo permitir que lo haga.

De pronto, sintió que le envolvía un remolino de vitalidad. Todo su cuerpo pareció fortalecerse, mientras extrañas imágenes desfilaban por su mente. Eran escenas de muerte, seres agonizantes en la orilla de una playa. En el fondo, una melodía; una música tétrica y oscura, y tres jinetes de cabezas llameantes.

Rechinando los dientes, se incorporó del suelo. Más tranquilo y sereno y con una profunda sensación de seguridad. Se miró en el espejo, algo en él había cambiado, su cara se volvió sombría y espectral, su mirada dura y furiosa.

Negrito se percató del cambio y movió el rabo de forma frenética.

—Es hora de marchar —dijo el anciano con voz segura.

Al otro lado del riachuelo, Manuel no había podido disfrutar mucho de la nieve. La tormenta se había desatado de forma repentina y no tuvieron otra opción que acceder al interior de la casa.

—¿Durará mucho la tormenta? —preguntó Manuel con evidente fastidio.

—No lo sé con certeza. El agente inmobiliario me advirtió que las tormentas en estos parajes pueden llegar a durar días, incluso semanas enteras.

—Vaya —replicó Manuel con desánimo.

Luis le mostró una sonrisa afectuosa y entró en su habitación.

—¡Ha llegado la hora de que nos ofrezcas el sacrificio!

Luis dio un respingo. La habitación estaba repleta de seres espectrales.

—Somos aquellos que están enterrados bajo la tierra que osaste profanar con tus pies.

La voz de uno de esos seres lo sobresaltó y dio la vuelta, tapándose los oídos con ambas manos.

—¡Dejadme en paz! —replicó lloroso—. No... no quiero hacerlo.

Una sonrisa maquiavélica se iluminó en el rostro de uno de los seres.

—¿Tú crees?

Luis escudriñó los rostros de todos ellos.

—No sé si seré capaz de ofreceros a mi hijo —prosiguió Luis con pavor.

Alguien aporreó la puerta de forma insistente.

—¿Luis? —la voz de su mujer sonó extraña desde el otro lado de la puerta—. ¿Te ocurre algo?

Luis exhaló un suspiro de fastidio, mientras los seres se difuminaban de su vista.

—¿Qué me tendría que ocurrir? —inquirió, mientras abría la puerta.

—Me parecía que estabas hablando con alguien.

Luis sonrió. Era una sonrisa irónica y un tanto malvada.

—Definitivamente, esos antidepresivos que estás tomando te están afectando seriamente a la cabeza —replicó Luis de forma tajante—. Ahora, si no te importa, me gustaría seguir trabajando. Tengo que entregar estos documentos el martes.

La respuesta tan tajante de su marido la sorprendió y, antes de que pudiese replicar, Luis le cerró la puerta en las narices.

La noche cayó casi por sorpresa.

Luis salió de la habitación. Había dedicado las tres últimas horas a retocar el documento que debía presentar en la junta de accionistas del próximo martes.

Fue hacia el salón, estaba en silencio, solo el crepitar de la chimenea llegaba a sus oídos. Entró un momento en la habitación de su hijo, estaba completamente dormido y, sobre su pecho, dormía »Tedy«, el mono de peluche que tanto adoraba desde que tenía dos años.

Con rostro sombrío, lo contempló durante unos minutos. Las dudas lo atenazaron de nuevo. ¿Sería capaz de matar a su propio hijo?

En absoluto silencio, salió de la habitación de su hijo y entró en la suya. Al igual que su hijo, su mujer también dormía. La luz permanecía encendida y le extrañó no ver la caja de somníferos sobre la mesita de noche. El temor a que su mujer no estuviera del todo dormida lo aterró.

¿Sería capaz de hacerlo?

Con su mujer sí.

Deseaba despellejarla, descuartizar su cuerpo en pequeños trozos, pero antes de nada, había fantaseado con decapitarla con el hacha, pero había contado con encontrarla dormida.

—Lucía —susurró desde el mismo umbral de la puerta, esperando una reacción por parte de ella—. Lucía —repitió. Como un espectro, se adentró en la habitación. Tuvo la sensación de que la temperatura había descendido por lo menos cinco grados—. Lucía —le susurró al oído. Quería estar bien seguro. Al no obtener respuesta, aliviado, dejó atrás la habitación. Como un fantasma, recorrió toda la planta baja hasta llegar al sótano. Cogió el hacha fuertemente entre sus manos y subió. De nuevo, sintió frío y avivó el fuego de la chimenea. Luego, subió de nuevo hacia la habitación—. Lucía.

Nada.

Solo silencio.

Tragó saliva y se acercó a ella, despacio, como si anduviera por arenas movedizas. Se plantó ante ella. Antes de decapitarla, deseaba besarla por última vez, así que acercó sus labios fríos a los suyos y la besó en la comisura de los labios.

—Adiós.

De súbito, Lucía abrió los ojos. Esa noche había optado por no tomar los somníferos, llevaba un tiempo meditando sobre si dejarlos o no.

A causa de la sorpresa, Luis se trastabilló hacia atrás y cayó al suelo de espaldas.

Los gritos de su mujer se ahogaron en su propio terror.

—Maldita zorra —maldijo Luis con rabia.

Se incorporó del suelo de un salto y agarró con fuerza el hacha; le pareció más pesada. Volvió a sentir tanto frío que empezó a tiritar. Por unos instantes, sintió compasión por su esposa, pero en una fracción de segundo, la pena se transformó en odio. Un odio tan violento que le oprimía el pecho y le impedía respirar bien. La miró por última vez, en una milésima de segundo, cientos de recuerdos desfilaron por su mente borrosa; la primera vez que la vio, el primer beso, el día de la boda y el nacimiento de su hijo...

Luego, envuelto en un frenesí asesino, asestó un golpe certero sobre el cuello de su mujer y la cabeza se desprendió de su cuerpo.

Fascinado, y sin ningún tipo de remordimiento, contempló lo que había hecho. Se recreó una y otra vez en el cuerpo decapitado de su esposa y observó la belleza de la muerte.

Atrás, Manuel observó con espanto la macabra escena. Las piernas le temblaban y el corazón le latía tan fuerte, que parecía un caballo desbocado. Cuando su padre desvió la mirada hacia él, se quedó paralizado, sin poder reaccionar. Manuel miró directamente a los ojos de su padre. Estos bailaban diabólicamente bajo una chispa de luz.

—Ven con papá. Te contaré el cuento que escribimos juntos para que puedas volver a dormir.

Los labios de su padre se retorcieron de odio.

Aunque estaba muy asustado, Manuel logró reaccionar. Echó a correr por el pasillo y, asustado, miró hacia atrás. Su padre lo seguía con el rostro descompuesto, empuñando el hacha con la cual había matado a su madre.

Ya en el salón, corrió hacia la puerta y, cuando salió al exterior, el frío azotó su cara. La nieve seguía cayendo con intensidad y el viento ululaba con fuerza.

De nuevo miró hacia atrás, las luces del porche de la casa no alumbraban gran cosa.

Manuel respiraba con dificultad, ruidosamente, no solo a causa del agotamiento, sino también del pánico que le oprimía el pecho. Desde el instante en que había visto a su padre decapitar a su madre, el terror lo acompañó paso a paso.

—Párate y dale un abrazo a papá.

Manuel lo contempló gravemente con ojos atemorizados. Sin hacer caso de su terror, siguió corriendo en dirección al bosque.

Suspiró profundamente, el dolor que le oprimía el pecho, era por momentos demasiado intenso y, entumecido por el frío, giró su vista hacia atrás. Desde la distancia, distinguió una sonrisa por las facciones sobrenaturales de su padre. Su respiración se aceleró, la abundante nieve acumulada ralentizaba su desesperada huida. Pasó por al lado del columpio y volvió a mirar hacia atrás. Sintió un profundo dolor, una amargura indescriptible.

—¡No huyas! —gritó Luis—. ¡Papá no pretende hacerte daño!

El terror que sentía Manuel era tan profundo que apenas podía ni llorar.

—¡Qué alguien me ayude! —consiguió sollozar.

Estaba desorientado y tenía frío. De pronto percibió un zumbido en sus oídos y, a continuación, una carcajada le erizó los cabellos. Un escalofrío recorrió todo su cuerpo al contemplar el horrible rostro de su padre. Intentó luchar, pero había llegado al límite de sus fuerzas. Exhausto, se abrazó al tronco de un árbol.

—No me hagas daño, papá —susurró con evidente pavor.

Quiso correr, seguir huyendo y esquivar así a la muerte, pero sus piernas se negaron a sostenerlo. Con rostro lloroso y sobrecogido de espanto, vio a su padre más de cerca.

—Papá, no me hagas daño —imploró.

Pero su padre lo agarró de un brazo y lo arrojó con violencia al suelo. Luego lo asió de los cabellos y lo arrastró por la nieve. Se retorció de dolor, mientras un grito de espanto se perdía en la noche.

—¡Cállate! —le gritó Luis, mientras caminaba a trompicones.

Miró por el rabillo del ojo. Una legión de fantasmas los seguía de cerca. Al verlos, una gozosa calma se adueñó de su rostro.

Dejaron atrás el bosque y entraron por la parte posterior de la casa. Las fuerzas de Manuel se iban debilitando, sus gritos de auxilio no eran más que meros susurros. Trató de hacer un último esfuerzo, pero sus fuerzas ya no le respondieron. Ladeó la cabeza y, entre las tinieblas, distinguió el columpio. Sonrió y cerró los ojos, quería que aquella fuera la última imagen que viera en vida, pero no pudo evitar levantar la mirada y mirar a su padre. Se había vuelto completamente loco.

Por fin, dejó de arrastrarlo y lo dejó tirado justo al lado del columpio. Lo vio alejarse unos pasos y le pareció ver que estaba manteniendo una conversación con... nadie. Salvo ellos dos, allí no había nadie más. Luego, con ojos vidriosos, vio a su padre caminar nuevamente hacia él. Su rostro era inexpresivo, carente de sentimientos.

—No temas, hijo. No dolerá.

Luis besó a su hijo en la frente y, con suavidad, lo incorporó del suelo. Lo situó de rodillas, frente al columpio, lo cogió por la nuca y, de un golpe seco y certero, lo estampó de frente contra el columpio.

Manuel oyó el sonido del viento. El frío y el dolor desaparecieron de sus miembros y sintió la delicia de la muerte.

—¡Ya está! —gritó Luis —. ¡Aquí tenéis el sacrificio!

Cogió el cadáver de su hijo entre sus brazos y entró de nuevo en la casa. Dejó el cuerpo junto a la chimenea y se calentó las manos. Luego fue a la cocina y se sirvió una copa de coñac. Dio un sorbo largo, chascó la lengua y abrió la nevera. Buscaba algo para llevarse a la boca; se preparó un sándwich de pollo y masticó despacio.

Saciado su voraz apetito, apoyó la frente en los cristales de la ventana. Debía de darse prisa si quería enterrar los cadáveres en el lugar profanado. Muy pronto la tormenta le impediría salir de casa.

Cubrió el cuerpo de su esposa con una manta y, con esfuerzo, lo acogió entre sus brazos. Pasó junto al cuerpo de su hijo y lo miró durante unos segundos. Luego, salió al exterior. Caminó durante unos minutos y dudó si aquel era el camino correcto. Pero pronto distinguió la tierra que había profanado y lanzó un suspiro de alivio.

La abundante nieve caída en las últimas horas había ocultado las fosas.

Dejó el cuerpo de su esposa apoyado sobre el tronco de un árbol y volvió a la casa tranquilo. Cubrió el cuerpo de su hijo con otra manta y lo acurrucó en su pecho. Antes de salir, cogió también la pala.

Ya en el exterior, no le quedó más remedio que aligerar el paso, dado que la tormenta era cada vez más intensa.

Cuando llegó, dejó el cuerpo de su hijo junto al de su esposa y, como bien pudo, apartó la nieve que cubría las fosas. Exhausto y sudoroso, a pesar del intenso frío, dejó la pala a un lado y arrastró el cuerpo de su esposa; con los pies, lo arrojó al interior de la fosa. Sin detenerse ni un segundo, fue a por el cuerpo de su hijo. Lo sostuvo en brazos y lo contempló fijamente durante unos segundos. Lo besó en la frente y, como si se tratase de un muñeco de trapo, lo arrojó al interior de la fosa. Buscó en el bolsillo de la chaqueta y sacó un pequeño cuento que habían escrito ambos titulado »La princesa Amanda« y lo arrojó sobre el cuerpo de su hijo.

—Te ayudará a dormir, allí donde estés.

La nieve impedía enterrar bien los cuerpos, así que los cubrió lo mejor que pudo. No tenía miedo de que alguien los pudiera descubrir, aquellos eran parajes solitarios y de muy difícil acceso. Por ese lado, se mostró tranquilo, sereno e incluso llegó a esbozar una tímida sonrisa.

Dejó la pala allí mismo y pensó en volver cuando la tormenta amainase.

—¡Ya tenéis el sacrificio! —vociferó lloroso.

Pero como única respuesta obtuvo silencio.

20 de diciembre.

La fuerza de la tormenta era cada vez más poderosa y, fastidiado por ello, Luis se levantó de la silla y miró a través de la ventana. La oscuridad de la noche le impedía ver más allá de lo que abarcaba su vista. De repente, engullido en aquel ensordecedor silencio, le pareció oír una carcajada. Impresionado, pensó en los fantasmas que habían ordenado el sacrificio de su familia. Dio la vuelta sobre sus propios talones, pero allí no había nadie. Parpadeó, permaneció un momento en silencio y se pasó la mano por la cara. Luego, volvió a centrar su mirada en la negrura que envolvía al bosque. Le pareció ver algo extraño moviéndose a una velocidad vertiginosa. Sorprendido, movió la cabeza hacia un lado y a otro, esperando ver a los fantasmas.

—¿Qué más queréis de mí? —explotó.

Volvió a mantenerse silencioso, esperando una respuesta. Entonces, oyó nuevamente el sonido de la carcajada. Sonaba lejana y su sonido era espeluznante.

Aterrado, dio un paso hacia delante y salió de la habitación. Se recluyó en la soledad del salón y avivó el fuego de la chimenea. Tenía mucho frío y el cuerpo tardó en entrar en calor. Junto al fuego, reflexionó unos instantes y, algo más sereno, se llenó una copa del mejor coñac. Bebió la copa de un solo trago, se sirvió otra y luego otra, hasta dejar la botella vacía.

De súbito, oyó un ruido que provenía de una de las habitaciones. Vaciló unos instantes y se incorporó del sillón. La cabeza le daba vueltas, había bebido demasiado. Se acercó a la habitación y puso el oído sobre la puerta. Esperó unos segundos en silencio, hasta que una susurrante voz rompió la calma. su mano temblorosa giró el pomo de la puerta, lo hizo despacio, temeroso. Con la mano tanteó la pared en busca del interruptor de la luz y, cuando por fin lo logró presionar, la luz se encendió. Dejando su miedo aparcado, se adentró en la habitación y, en mitad del silencio, oyó una carcajada dulce y susurrante. Sobresaltado, miró hacia la ventana. Algo se movió de forma frenética.

—Dejadme en paz —susurró Luis de forma desesperada—. Me prometisteis que si os entregaba en sacrificio a mi familia, no me torturaríais más con vuestra presencia.

Otra vez sonó la carcajada, inesperada y suave.

—Tal vez no soy quien tú crees.

Impresionado por aquel tono de voz tan infantil, retrocedió unos pasos.

—Te quiero mucho... papá. —Aterrado, Luis se tapó los oídos con ambas manos—. Eres el mejor papá del mundo —prosiguió la voz.

Luis hizo un gesto de negación con la cabeza y, terriblemente confuso, huyó de la habitación, mientras el infernal sonido de la carcajada volvía a sus oídos. Abrió bruscamente la puerta del exterior. El frío intenso de la noche lo golpeó en la cara. Avanzó unos pasos, sin ni siquiera mirar hacia atrás. Sus pies se hundieron en la nieve, impidiéndole caminar con agilidad. De repente, se detuvo. El frío era demasiado intenso como para adentrarse en el bosque. Moriría en cuestión de pocas horas.

»Nunca me han hecho daño«, se convenció, y decidió dar la vuelta. Hasta el momento, aquellas presencias no le habían causado ningún daño físico.

Mientras volvía, todas las luces de la casa se encendieron casi a la vez. Luis miró hacia una de las ventanas, donde una mano blanca y huesuda apartaba la cortina despacio, como queriendo alargar su agonía.

Alzó los ojos, y no pudo impedir que un grito de espanto se escapara de sus entumecidos labios. La faz pálida de su hijo lo contemplaba desde la ventana.

—Dios mío —susurró Luis al ver cómo los ojos amarillentos de su hijo brillaron en la oscuridad.

De repente, otra silueta más alta y fornida, apareció al lado de su hijo. Un enorme sombrero negro le ocultaba el rostro. Al verlo, a Luis se le erizaron los cabellos y, aturdido, cerró los ojos por unos instantes. Cuando los volvió a abrir, ambas imágenes habían desaparecido. Dudó y se quedó un tiempo pensativo.

Dejando atrás sus temores, volvió de nuevo al interior de la casa. Su cuerpo tiritaba de frío y, si no entraba pronto en calor, podía morir allí mismo.

Se calentó en la chimenea. Hubo un silencio sepulcral, incómodo, un silencio de muerte, hasta que de nuevo el sonido de otra carcajada flotó en el aire. Luis alzó la cabeza y dirigió una mirada rápida hacia la habitación de donde provenía la carcajada. Lleno de ansiedad, cruzó el pasillo, la habitación estaba cerrada. La abrió de una patada violenta. La luz de la habitación estaba encendida. Caminó despacio y sus ojos, siempre inquietos, vieron la hoja de un libro sobre la cama. La cogió con desaliento y la leyó.

La princesa, arropada por sus blancos ropajes, espoleó
su caballo cuyo nombre respondía al de Imperioso.
Aquella oscura mañana de invierno...

Terriblemente angustiado, dejó la hoja sobre la cama. Reconocía aquel escrito, era una parte del cuento que había escrito con su hijo y cuyo libro lo había arrojado a la fosa.

Salió de la habitación y fue directamente a la cocina. Abrió la estantería donde guardaba la bebida y cogió la última botella de coñac que quedaba. Confuso, fue directamente al salón y se sentó en el sillón con pose derrotada.

Mientras bebía la copa, oyó un ruido a su espalda, concretamente en la ventana. Se levantó y descorrió la cortina. Una figura borrosa se perfiló a una distancia de varios metros.

Era su hijo.

Luis dio un paso hacia atrás, mientras el espectro de su hijo comenzó a aproximarse hacia él. Avanzó rápida y silenciosamente.

Se apartó de la ventana e hizo un esfuerzo terrible para dominar su terror. El rostro de su hijo se pegó a los cristales y lo miró de una forma espantosa. Sus manos, pegadas al cristal, golpearon con suavidad los empañados cristales.

Click, click.

—Papá, aquí fuera hace mucho frío, ¿por qué no me abres y dejes que me caliente en el fuego de la chimenea? —inquirió con una sonrisa glacial.

Luis lo miró fijamente con ojos inquisitivos.

—¿Qué piensas, papá? —Cruzó una sonrisa, por sus facciones pálidas y sobrenaturales—. ¿Acaso no te alegras de verme? —Habló sin moverse, sin apenas despegar los labios.

En el exterior, la tormenta de nieve volvió a azotar con fuerza.

—Tengo mucho frío, papá.

El espectro de su hijo dio la vuelta y caminó en dirección al bosque.

Luis, pálido de terror, lo contempló hasta verlo desaparecer en la oscuridad de la terrible noche. Luego se hizo el silencio.

Un silencio inquietante y abrumador.

Luis lloró. La aparición del espectro de su hijo lo había dejado traumatizado. Se acurrucó en un rincón y ocultó la cabeza entre sus manos.

De pronto, la puerta de la habitación se abrió de forma violenta y una sucesión de fuertes golpes retumbaron en el pasillo.

—Hola, papá. ¿Por qué ya no me abrazas?

El corazón de Luis bombeó de forma imperiosa, rasgándole el pecho y dificultándole la respiración.

Miró hacia la puerta, con ojos pequeños, y entrevió la forma fantasmal de su hijo. Este, lo miraba fijamente, con la cabeza ladeada y una sonrisa diabólica dibujada en su pálido rostro.

Entonces, lanzó un grito.

El fantasma de Manuel caminó hacia su padre. Su pijama, color pastel, mostraba un color rojizo en la parte derecha.

Manchas de sangre.

—Yo no... yo no quería matarte —masculló Luis—. Papá te quiere mucho.

La expresión de Manuel se tensó.

—¿Me querías del mismo modo que a mamá? —Sonrió de un modo extraño y peculiar.

—No —negó con la cabeza—. No hay amor comparable al de un hijo.

—¿Entonces, por qué me mataste? Yo te quería mucho, papá, confiaba en ti. Y, aun así, tuviste la sangre fría de hacerlo.

—Yo... no quería hacerlo. ¡Ellos me obligaron!

—¡No te creo! —se enfureció Manuel, quien avanzó tambaleándose espantosamente—. Voy a hacer que sufras, papá. Tanto, que desearás la muerte.

Luis logró levantarse y, paseándose junto al fantasma de su hijo, echó a correr.

Manuel lo siguió.

Luis salió al exterior. La tormenta estaba en su auge, por ese motivo vaciló unos instantes. Adentrarse en el bosque con aquel temporal era una muerte segura. Clavó sus ojos al frente y algo se movió con una rapidez vertiginosa. Sombras inquietantes vagaron de un lugar a otro. Desde la distancia donde se encontraba Luis, no poía distinguir a quiénes pertenecían aquellas dos siluetas.

Entonces, lo oyó.

Un ladrido se perdió en la noche.

—¡El anciano! —Pensó viendo en la presencia de aquel misterioso hombre su única salvación—. ¡Socorro! —Aulló, mientras el frío viento ululó en sus oídos.

A su espalda le vino el horrible sonido de una carcajada burlona. Lentamente, se dio la vuelta. Sobrecogido de espanto, escuchó el silbido del viento mientras los ojos penetrantes de Manuel lo escudriñaban.

—Me echabas de menos, papá.

Luis se bloqueó. Helado, no solo de frío, sino de pánico, observó cómo el fantasma de su hijo alargaba los brazos.

—Tengo mucho frío, papá. Abrázame.

Llorando, Luis caminó hacia aquel pálido espectro. De súbito, los feroces ladridos de Negrito rugieron en su oído. Luis ladeó la cabeza y una sonrisa de alivio cruzó su rostro. El perro y el anciano caminaban hacia él.

El frío huyó de sus miembros, mientras el espectro de su hijo se alejaba nuevamente hacia el interior de la casa.

El viento se calmó y la noche pareció diluirse.

—¡Por el amor de Dios!, ¿qué hace usted aquí fuera? —se alarmó el anciano que, pese a estar bien abrigado, tiritaba de frío—. Morirá de congelación si permanece por más tiempo aquí parado—. Apostilló con semblante serio.

Luis, por su parte, lo miró sin decir nada.

—Será mejor que entre en la casa —recomendó el anciano.

Ya en el interior , ayudó a Luis a sentarse junto a la chimenea.

—¿Lo ha visto usted?

La pregunta extrañó al anciano, quien, en ese preciso instante, le tendía una copa de coñac.

—Me he tomado la libertad de buscar entre sus muebles, le vendrá bien una copa para entrar en calor. Por cierto, ¿a quién debería de haber visto?

Luis apuró la copa de un solo trago.

—Al fantasma... —calló de repente, no era conveniente confesar el doble crimen.

—¿Un fantasma? ¡Claro que no!

—Yo... sí... Era el fantasma de un... niño, que vaga por esta casa. Cuando usted me encontró en mitad de la tormenta, estaba manteniendo una conversación con... él.

El anciano lo miró incrédulo.

—No, no lo vi —atajó—. ¿Dónde está su familia?

Luis vaciló.

—Se marcharon a la ciudad, mi esposa tenía unos asuntos importantes que resolver...

—De repente, Luis se quedó sin habla.

—¿Qué le ocurre? —preguntó el anciano, ante el impactante silencio de Luis—. ¡Hable, por el amor de Dios!, me está asustando.

Luis lo ignoró. Su mirada tensa estaba puesta en la puerta de la cocina, situada a su derecha. El fantasma de su hijo estaba de pie, apoyado en la puerta.

—¿Por qué le mientes a este pobre anciano, papá? Dile la verdad, confiesa el doble crimen.

Luego soltó una risa que heló la sangre de Luis.

—¿Qué pasa, papá? No me digas que te asusta mi aspecto.

Con los ojos desorbitados, Luis desvió la mirada hacia el anciano, quien apuraba la copa de coñac, ajeno a todo. Era evidente que no veía al fantasma. Luego, giró la cabeza y el fantasma de su hijo caminaba pesadamente hacia él. Sus ojos brillaban de una forma infernal.

Alarmado, miró de nuevo al anciano.

—El fantasma... —logró decir, atrayendo la atención del anciano, quien, sorprendido, se quitó los lentes y los frotó con un pañuelo.

—¿Qué le ocurre?

Luis quedó mudo de terror.

—Papá, ¿quieres saber cómo termina esta historia?

—¿Qué historia?

Una sonrisa fría se dibujó en el rostro del fantasma.

—A pesar de mi edad, siempre te has mostrado sorprendido de lo bien que escribo y de la facilidad con que sé plasmar mis fantasías, ¿verdad? Pues bien, tal vez te apetezca leer una nueva historia que acabo de escribir. Sobre la cama de tu habitación la encontrarás.

—¿Luis?

La voz del anciano le hizo dar un respingo.

A pesar de la angustia y el pánico que sentía por el fantasma de su hijo, pasó por su lado. Jadeante, llegó a la habitación y se sentó sobre la cama para leer lo que el fantasma de su hijo había dejado escrito.

Supongo que no debí de permanecer por mucho tiempo en aquel lugar oscuro y húmedo. Pero el tiempo que permanecí allí, estuve inmóvil, intentando recordar cómo había llegado .
Entonces, recordé la desesperación y el horror que atravesaron mi alma, al ser consciente de que había sido enterrado vivo. En ese instante, quise gritar y pedir auxilio, sin embargo no logré separar los labios.
Recuerdo que lloré, en una mezcla de dolor y rabia. No entendía cómo mi propio padre había sido capaz de hacer algo tan mundano.
Angustiado, perdí toda esperanza, sin saber como, logré sacar fuerzas y conseguí gritar un lamento prolongado. Cuando más desesperado estaba, escuché el sonido de un ladrido y sentí dos manos que tiraban de mí y me sacaban del lugar.
El anciano me acogió entre sus brazos y cubrió mi entumecido cuerpo con sus ropajes de abrigo. Yo cerré los ojos, pero aquellos terrores fúnebres me siguieron atemorizando. Él me miró con ojos cristalinos y me aseguró, con voz tranquila, que nada malo me iba a suceder.
Yo lo creí.
Me llevó a su casa, me despojó de todos mis ropajes y, junto a la chimenea, intentó que entrara en calor. Yo seguía terriblemente angustiado, el sentimiento que imperaba sobre los demás era el de venganza.
El anciano me preparó un tazón de sopa caliente y, aunque al principio me costó tragar, conseguí

tomarlo poco a poco. Luego lo miré directamente a los ojos y le mostré mi gratitud. Él me habló de sus visiones y cómo en ellas había visto lo que mi padre iba a hacer conmigo y con mi mamá. Me relató, con todo lujo de detalles, cómo caminó bajo la nieve, temeroso de llegar demasiado tarde. Se ocultó entre la espesa maleza y, con una terrible desesperación, vio cómo mi padre arrojaba el cuerpo de mi madre al interior de la fosa. Luego sucedió lo mismo con mi cuerpo. Cuando mi padre terminó de enterrarnos, él se quedó allí plantado, llorando y maldiciéndose por haber llegado demasiado tarde. Fue entonces cuando Negrito alzó sus orejas y corrió hacia la fosa; había oído mis gritos de auxilio.

Le dije al anciano que lo único que deseaba en esos momentos era vengarme y mis palabras, aunque sonaran fuertes, eran sinceras. No vacilé ni un solo instante; estaba decidido a matar a mi padre. Deseaba verlo morir rápidamente, pero el anciano me convenció de lo contrario y quería llevar a cabo un plan aún más macabro. Lo escuché con atención y, a pesar de que odiaba a mi padre y deseaba su muerte, aquel plan me resultó terrible. Consistía en hacer creer a mi padre de que yo era un fantasma y así torturarlo mentalmente. Luego, de un modo u otro, él se encargaría de administrarle una pequeña dosis de una droga llamada »clopromazina« que lo llevaría a un estado parecido al de la catalepsia, luego... lo enterraríamos vivo.

Luis dejó de leer aterrado. A su espalda la voz de su hijo rompió el silencio.

—¿Empiezas a sentirte pesado, papá?

No solo eso, sino que la visión se le hizo borrosa.

—¿Qué me habéis hecho? —Su voz era poco más que un suspiro.

Detrás de Manuel, apareció el anciano.

—Ha resultado demasiado fácil el verter la droga en la copa de coñac, en unos minutos la pesadez de tu cuerpo dará paso a la rigidez de todos tus músculos.

—Cabrón —suspiró Luis, quien de pronto se estremeció y su cuerpo se agitó con violencia. Abrió la boca para gritar, pero entonces cayó al suelo, incapaz de moverse.

Manuel miró al anciano.

—Tu plan ha salido a la perfección.

Desde el suelo, Luis era consciente de todo. Con ojos húmedos, contempló el ensombrecido rostro de su hijo.

El anciano lo cogió por ambas muñecas y lo arrastró hacia el exterior. La tormenta había desaparecido, incluso la luna se dejó ver por unos segundos.

Luis quiso gritar, pero la droga que le había suministrado el anciano le había paralizado también el habla.

Después de unos minutos, se detuvieron. Luis no necesitó de imaginación para saber que habían llegado a su lugar de enterramiento.

Manuel, marcado por el odio que sentía hacia su padre, se arrodilló y lo besó en la frente.

—Adiós, papá. —Se levantó y se dirigió al anciano—. Ya puedes arrojarlo a la fosa —indicó con voz fría.

El anciano asintió con un leve movimiento de cabeza. En su rostro, marcado por las arrugas, no había ni un ápice de compasión.

»No, por favor. Haced lo que os parezca conmigo, torturarme si lo creéis necesario, pero, por el amor de Dios, no me enterréis vivo«.

Nadie podía oír sus gritos, ya que sus labios permanecieron sellados.

Manuel tuvo que ayudar al anciano, el estado de rigidez del cuerpo de Luis le hacía parecer pesar tres veces más. Con un esfuerzo titánico por ambos, introdujeron el cuerpo de Luis en una caja de madera a modo de ataúd. Luego cerraron la tapa con sendos clavos.

Una sensación de profundo terror golpeó el corazón de Luis.

¡Estoy vivo!

¡Estoy vivo!

Sus gritos se fueron apagando en su mente, envueltos en la oscuridad de la noche.

¡Estoy vivo!

FIN

LA GITANA

La gitana

A través de los empañados cristales de la cafetería, Marta contempló a la gitana. Había oído hablar de ella, se suponía que era una adivinadora.

Los relámpagos disiparon la oscuridad y, en una fracción de segundo, pudo divisar el arrugado rostro de la anciana. Sus cabellos eran intensamente negros, y peinados de un modo que formaban un gran copete en la nuca. Sus ojos, grandes y negros, parecían desprender chispas de fuego.

De repente, por encima de los truenos, oyó la voz de Silvia, quien la miraba un tanto confusa.

—¿Te pasa algo? —quiso saber Silvia, preocupada por la repentina palidez de su amiga.

Pero Marta no contestó de inmediato, su mirada cristalina seguía puesta en la anciana gitana.

—Esa mujer... me pone los pelos de punta —consiguió susurrar con una voz apenas audible.

Silvia ladeó la cabeza y miró a través de los empañados cristales.

—¿Te da miedo la gitana? —sonrió aún sorprendida.

Marta afirmó con un leve movimiento de cabeza. Sus ojos desorbitados se detuvieron una vez más en la gitana, quien, a la vez, la miró con una mirada glacial, impávida, desde la acera de enfrente. Asustada, Marta desvió la mirada y se centró de nuevo en Silvia.

—No me preguntes la razón de ello, porque ni yo misma lo sé. Pero lo cierto es que desde bien pequeña me aterroriza... —hizo una pequeña pausa intentando encontrar la palabra adecuada—, no me gusta esa clase de gente—. Apostilló con voz trémula.

Silvia sonrió a la vez que se ponía en pie.

—No son más que farsantes —replicó tras pagar la cuenta—. ¿Crees realmente que esa gente puede predecir el futuro?—. El sepulcral silencio de Marta la delató. —¡No me lo puedo creer! —exclamó divertida Silvia, mientras cruzaban el umbral de la puerta y salían al exterior de la calle—. ¿En serio crees en esas tonterías?

—No es cuestión de creer o...

Impresionada, Marta vio a Silvia cruzar la calle.

¿Qué pretendía?

Un escalofrío recorrió todo su cuerpo al ver cómo Silvia le hacía aspavientos con las manos.

—¡Ven! —le gritó desde la otra parte de la acera.

El sonido de un estremecedor trueno rasgó la noche.

Marta tragó saliva y, después de vacilar durante unos segundos, cruzó la calle.

—Solo hay una manera de superar tu miedo, y es enfrentándote a él. Así que, pregunta lo que deseas sobre tu futuro más inmediato —invitó Silvia con una sonrisa en los labios.

Aterrada, Marta exhaló un suspiro de fastidio y fijó su mirada en la gitana. De cerca no parecía tan anciana, pero la expresión de su rostro la perturbó.

—Acércate y dame tu mano —la voz femenina y de suaves tonos de la gitana, rompió el silencio de la noche.

Marta arrugó el entrecejo, pero finalmente accedió. Le tendió la mano derecha y notó la calidez de la suya. Aunque se sentía muy asustada, consiguió echar a un lado sus temores.

—Dime lo que quieras saber sobre tu futuro.

Se hizo el silencio una vez más.

—Siempre me ha obsesionado la muerte —farfulló con mirada perdida—. Dime, ¿cómo y cuándo voy a encontrar la muerte? —Su mirada fue desafiante.

El rostro pétreo de la gitana se transformó en algo horrible.

—Hay cosas que es mejor no saber —le recomendó con mirada tensa.

Marta esbozó una sonrisa irónica.

—Será cierto, pues —escupió Marta defraudada—, que no sois más que farsantes.

La gitana, visiblemente molesta por aquel tipo de comentario, accedió a leerle la mano.

Transcurrieron cerca de dos minutos antes de que la gitana rompiera una vez más el inquietante silencio que reinaba en la noche.

—¿Quieres conocer las respuestas a tus preguntas? Aún estás a tiempo.

Marta accedió, aunque no estaba del todo convencida.

—Morirás esta misma noche, en un desafortunado accidente con un coche.

El corazón de Marta empezó a bombear de forma imperiosa.

Retrocedió con paso vacilante y, turbada, echó a correr calle abajo.

Detrás de ella, Silvia hizo lo propio y logró darle alcance dos calles más arriba.

—¡No creerás de verdad en esas chorradas! Piensa un poco, vives aquí mismo —señaló con la mirada en la puerta del edificio de enfrente—. ¡Es imposible que vayas a morir de un accidente de tráfico! Esa zorra pretendía asustarte, nada más. Así que respira hondo y tranquilízate.

Marta parpadeó, estuvo un momento silenciosa y luego habló.

—Sí, tienes razón —replicó con media sonrisa—. Es imposible tener un accidente de tráfico estando dentro de mi casa.

Esa misma frase se la repitió una y otra vez en su atormentada mente.

Minutos más tarde, se despidió de Silvia y entró en el portal del edificio. Pese a vivir en un sexto piso, optó por tomar la escalera.

»No puedo morir de un accidente de tráfico, estando en mi casa«, pensó, poseída por un terror infinitamente superior a sus fuerzas.

Su piso estaba vacío, silencioso. Su exmarido se había llevado a su hijo a pasar el fin de semana al campo. Al principio, la idea le disgustó, pero al fin y al cabo era su padre, y también tenía derecho a disfrutar de él.

Se quitó la ropa, abrió el agua caliente de la bañera y se miró fijamente en el espejo del baño. Su cara estaba gris. Cerró los ojos. Era evidente que quería borrar de su mente el recuerdo de la gitana.

Después del baño, se puso el pijama de franela que tanto odiaba su exmarido y se acostó sobre la cama.

»No puedo morir de un accidente de coche, estando en mi propia casa«

Con aquel pensamiento, se quedó profundamente dormida.

De súbito, oyó un ruido. Se incorporó de la cama con un respingo.

—Dios mío —jadeó al ver cómo la puerta del balcón se había abierto de forma violenta, a causa de un viento casi huracanado.

Exhaló un suspiro, bajó de la cama y caminó, casi a trompicones, para volver a cerrar la puerta y asegurarla con el doble pestillo.

El suelo estaba frío.

Cuando llegó a la altura de la puerta, sus pies descalzos y fríos resbalaron con un coche de juguete de su hijo. Perdió el control del equilibrio. Despavorida, intentó aferrarse a la barandilla metálica del balcón, pero sus manos delgadas y pálidas resbalaron y lo único que pudo hacer Marta, fue cerrar los ojos y lanzar un alarido de terror, mientras su cuerpo caía al vacío desde una altura de un sexto piso.

La gitana había dejado bien claro su mensaje:

»Morirás esta misma noche a causa de un desafortunado accidente con un coche.

FIN

LA MALDICION DE
LA LLORONA

La maldición de la llorona

La tempestad sorprendió a Pablo muy cerca de su destino. Sonrió ante su buena suerte y aparcó el vehículo junto a la entrada de la puerta.

»Supongo que será esta«, pensó, exhalando un suspiro de alivio.

Se apeó de la furgoneta y, de un salto, subió los tres peldaños. Golpeó la puerta con los nudillos y, paciente, esperó respuesta.

Esperó durante un segundo, que pareció eterno.

Dos.

Y al tercer segundo, volvió a golpear la puerta.

—¡Marcos! —gritó por encima del viento.

Como respuesta solo obtuvo silencio.

—¡Marcos! —vociferó fijando la mirada en una de las ventanas superiores, cuya luz permanecía encendida. Fue solo una fracción de segundo, pero le pareció ver a una mujer. Durante unos instantes se preguntó si aquella visión había sido real o, por lo contrario, un reflejo de los altos árboles que rodeaban la casa. Luego, con un encogimiento de hombros, volvió a insistir y golpeó nuevamente la puerta. Esta vez, se oyeron dentro de la casa unos feroces ladridos. Seguidamente, la puerta se abrió y Pablo se encontró frente a frente con Marcos.

—Perdona por tardar tanto —se excusó con una sonrisa en los labios—. Con el sonido de los truenos apenas te oí llamar a la puerta.

Pablo entró en el enorme vestíbulo y se acercó a una hermosa estatua de mármol, situada en el lado opuesto de la sala de algo más de un metro de altura. Era un desnudo femenino.

—Fascinante , ¿verdad? —La voz de Marcos sonó detrás de él.

—Sí, es una obra... maravillosa —dijo pasmado.

—Lo es. Sin embargo, su leyenda es... —hizo una pequeña pausa para encenderse un cigarrillo—, terrible. —Apostilló con voz misteriosa.

La curiosidad venció a Pablo y, como escritor de novelas de terror, quiso saber la historia que rodeaba a aquella enigmática y atrayente estatua.

Marcos esbozó una sonrisa satisfactoria.

—Tal vez puedas escribir una novela sobre ella. —Miró directamente a la estatua.

Pablo guardó silencio unos segundos.

—A decir verdad, me vendría bien. Desde que escribí »*El asesino del bosque*«, apenas he escrito algo interesante para el lector —manifestó—. Precisamente, por eso he alquilado esta casa, situada en mitad de la nada. Necesito estar totalmente relajado y en silencio, para poder escribir algo que en la ciudad me era imposible conseguir.

Marcos asintió con un movimiento de cabeza.

—Por cierto, ¿qué te parece la casa? —preguntó.

—Algo grande —admitió—. Pero perfecta para poder escribir sin distracciones. La verdad es que me sorprende su bajo precio de alquiler.

—Ella tiene la culpa de su bajo coste. —Miró directamente a la estatua.

Los ojos de Pablo lo siguieron con cierto interés.

—¿Estás seguro de que quieres conocer la historia? —inquirió con voz enigmática—. Vas a vivir en esta casa durante todo el invierno y, como ya te advertí en su momento, aquí los inviernos son muy duros. Habrá días en los que apenas puedas poner un pie en el exterior.

Las enigmáticas palabras de Marcos avivaron aún más su interés en conocer la historia.

—Me gano la vida con el miedo —dijo en referencia a sus novelas—. No creo que ninguna leyenda sea lo suficientemente aterradora como para llegar a asustarme.

Minutos más tarde se sentaron junto a la chimenea.

—Imagino que seguirás bebiendo coñac, ¿verdad? —inquirió Marcos ofreciéndole una copa.

Pablo asintió.

—Ahora cuéntame esa leyenda —sonrió Pablo, con la copa de coñac en la mano.

—La estatua es la imagen de una antigua inquilina de la casa. Se llamaba Rosa Martínez. Tengo entendido de que era una mujer alta, esbelta, de cabellos rubios y un cuerpo muy bien formado. De ella se decía que no era más que una campesina sin modales, pero que el »señorito« de la casa quedó hechizado por su belleza y la hizo suya. A raíz de ello, Rosa se quedó encinta y fue repudiada por el »señorito«, quien no quiso saber nada más de ella y la echó de la casa. A escondidas de su familia, Rosa dio a luz a dos gemelas a las que ahogó en el río, nada más nacer. Luego, aprovechando que el »señorito« se había marchado a la ciudad, se coló en la casa y enterró los cuerpos de sus dos hijas en alguna parte de la casa. Afligida y terriblemente arrepentida de sus actos, se colgó de uno de esos árboles. —Con la mirada señaló hacia la ventana que tenían a su espalda—. Pero con la muerte no terminó su terrible agonía, ya que, desde entonces, todos aquellos que han vivido en esta casa aseguran haberla visto deambular por todas las dependencias, entre terribles lamentos.

Durante un segundo, Pablo se sintió incapaz de hacer nada.

—¡Una leyenda maravillosa! —exclamó Pablo con una jubilosa carcajada—. Si tu intención era que esta noche no pudiera pegar ojo, deja que te diga que no lo has conseguido.

Marcos sonrió y miró el reloj de pulsera.

—Pero por si acaso, ten mucho cuidado. —Rio mientras se levantaba del sofá—. Ahora, si me disculpas, tengo que marcharme. No me gustaría verme envuelto en la oscuridad de estos parajes.

Atravesaron el salón y se despidieron con un efusivo abrazo.

Pablo se quedó plantado en el umbral de la puerta hasta que el coche de Marcos desapareció de su vista. Luego cerró la puerta y, antes de subir a su habitación, tomó otra copa de coñac. Una quietud absoluta lo envolvió. Un silencio espeso flotó en el ambiente.

Subió la escalera despacio, tanteando cada peldaño. Cuando llegó al rellano, miró al frente del pasillo, la penumbra lo impresionó. Caminó hacia delante, Marcos le había informado que la habitación la cual habían acondicionado para su descanso estaba justo al final del pasillo.

Abrió la puerta y encendió la luz. La habitación resultaba una prolongación perfecta del ambiente armónico de la planta inferior.

Aparte de la cama, había un escritorio vacío, una silla de oficina y dos estanterías repletas de libros. Marcos había pensado en todo.

Se dirigió a una de las dos ventanas, descorrió la cortina de tonos suaves y la abrió. El frío viento azotó su cara. Se asomó y su mirada se perdió en lo profundo del bosque. Entonces, una imagen rompió la calma. Le pareció ver a una mujer delgada, de ojos hundidos y cara pálida, arrodillada junto a uno de los árboles. Iba vestida completamente de negro y en sus manos parecía sostener un pañuelo de seda.

Pablo dio un respingo y cerró los ojos. Cuando los abrió, volvió a mirar con cierta inquietud, pero, esta vez, lo único que sus ojos lograron distinguir fueron los árboles.

Aun conmocionado, cerró la ventana y corrió la cortina.

Jadeante, bajó la escalera y abrió la puerta. Quería estar bien seguro.

Por suerte, la tormenta había cesado y apenas caía una débil llovizna.

—¡Hola! —gritó. Pero, como respuesta, solo obtuvo silencio.

Caminó unos metros más y entonces oyó el angustioso jadeo de una garganta agonizante. Tendió el oído, sobrecogido de espanto.

—¿Necesita ayuda? —preguntó con voz temblorosa.

Un trueno resquebrajó el cielo y la lluvia empezó a caer con fuerza.

—»Joder«, —murmuró fastidiado.

El tiempo no era el más indicado para estar deambulando por el bosque.

Fastidiado, dio la vuelta y volvió al interior de la casa. Subió directamente a su habitación y se quitó toda la ropa. Momentos después, abrió el grifo del agua caliente de la bañera y dejó que se llenara. Turbado, se miró en el espejo, no sabía si aquel llanto de agonía había sido real o no.

»Respira hondo«, intentó calmarse, con la mirada clavada en su otro »yo« del espejo.

Más relajado, se dio un baño de agua caliente. Escribió durante dos horas y, exhausto, se fue a la cama. Intentó leer un poco, pero sus párpados se negaban a permanecer abiertos, así que cerró el libro, lo dejó sobre la mesita de noche y se quedó dormido al instante.

De pronto despertó con un respingo. Otra vez, el angustioso jadeo rompió el silencio de la noche. Estupefacto, se incorporó de la cama y permaneció de pie con la mirada fija en la puerta.

De repente, por encima del sonido de los truenos, se oyó un desgarrador alarido de dolor.

—¡Mis niñas! —gritó alguien desde el otro lado de la puerta.

Pablo se sentó de golpe en la cama, terriblemente asustado.

—¡Mis niñas! —volvió a oír, acompañado de unos gritos de dolor.

Aunque se sentía muy asustado, empezó a vestirse presurosamente. Tragó saliva y con manos temblorosas giró el pomo de la puerta.

No había nadie.

Avanzó despacio por el pasillo y, entonces, un estremecimiento recorrió su cuerpo de arriba a abajo. Cerró los ojos durante unos instantes y, de repente, una voz femenina, de suaves tonos, lo sobresaltó bruscamente.

—Ayuda —dijo la voz, sombríamente.

Pablo luchó por mantener la cordura.

Abrió los ojos y sintió un asombro enorme al ver a una mujer alta, esbelta, de piel extremadamente pálida y pupilas negras. Vestía enteramente de negro y su enorme belleza lo »hechizó« al instante. Mirándola con fijeza, encontró algo familiar en ella.

¡Era la mujer de la estatua!

Un sentimiento de auténtico horror lo paralizó. Sus pies parecían estar pegados al suelo.

—Por favor, no huyas. Tan solo necesito de tu ayuda —imploró la imagen fantasmal de la mujer—. Necesito... descansar en paz.

—No —balbuceó—. Nada de esto puede ser real. —Una risa sarcástica brotó de su garganta.

El espectro parecía inmóvil y, tras unos momentos de espera, avanzó flotando hacia Pablo.

—Ayúdame y podré tener la paz eterna —suplicó el espectro, entre sollozos.

—No —jadeó Pablo, trémulo.

Sin darse cuenta, el espectro lo había rozado y, otra vez, el desgarrador llanto ululó en su cerebro. Pablo emitió un alarido, se llevó las manos a los oídos y su cuerpo se convulsionó, preso de unos raros espasmos. Se sintió mareado y luchó por mantener el equilibrio, sin embargo, no lo consiguió y cayó al suelo. Poco a poco, la fría oscuridad se cernió sobre él.

Cuando volvió a abrir los ojos, tuvo un miedo repentino. Ladeó la cabeza y miró en todas direcciones. Poco a poco se dominó y se incorporó lentamente del suelo. Le dolía mucho la cabeza.

¿Había sido real?

Dubitativo, entró en la habitación, cogió el ordenador y cerró la puerta. Caminó media docena de pasos y se detuvo unos segundos, luego reanudó la marcha con paso vivo.

Alcanzó el coche y, antes de entrar en él, miró una vez más hacia la ventana. El espectro apareció en la ventana. Estaba de pie y lo miraba de forma extraña. De pronto, se estremeció y su cuerpo se agitó de forma violenta.

Pablo dio un paso hacia atrás.

El espectro gritó:

—¡No! —aulló con voz llena de pena.

Los cristales de la ventana se hicieron añicos.

Ella enfocó sus ojos en Pablo. Su mirada era ardiente, fija.

Pablo sintió un miedo repentino y entró en su vehículo. Súbitamente, arrancó el motor y con ojos fascinados, abandonó el lugar.

Diez minutos después, aún conmocionado, detuvo el vehículo a un lado de la carretera. Encogido y sollozante, consiguió marcar el número de teléfono de Marcos.

—¿Pablo?

—Sí, sí... —sollozó—. La he... visto.

—¿A quién has visto? —preguntó frunciendo el ceño.

Pablo, convulso, se contempló en el espejo retrovisor, el sudor frío recorría su faz pálida.

—¡A... ella!

De súbito, la comunicación se cortó.

Pablo se miró ambas manos, sintiendo que un frío de muerte subía por su espalda. Sintió una quietud absoluta.

—¿Por qué huyo? Tan solo me pidió ayuda. —Razonó, mientras la lluvia golpeaba el cristal del parabrisas.

Miró hacia ambos lados de la carretera y, aprovechando que ningún otro vehículo circulaba en ambos lados, dio la vuelta allí mismo.

Aún sorprendido por la decisión que había tomado, llegó de nuevo a la casa. Apagó el motor y emitió un suspiro intentando descargar toda la adrenalina. Al bajar del vehículo, sus ojos fueron directamente hacia la ventana.

Ella seguía allí.

Tragó saliva y, decidido, entró en la casa. Subió los peldaños de la escalera de dos en dos. Llegó arriba, suspiró y entró en la habitación.

Ella se giró lentamente.

Pablo no tuvo miedo y trató de formular la primera pregunta.

—¿Qué necesitas de mí?

Ella levantó la cara, abriendo los ojos.

—Ven.

Pablo se dominó y la siguió hasta una habitación cuya puerta estaba cerrada con llave.

—No podemos entrar —farfulló Pablo.

Ella se puso rígida y la puerta se abrió bruscamente.

—Ve hacia el armario.

Una vez más, Pablo la obedeció. Abrió el armario; estaba vacío. Giró su mirada hacia atrás.

—No hay nada.

—Rompe la madera del lateral derecho.

Lo hizo.

Un estupor estuvo a punto de hacerle perder el control de sí mismo. Dentro del armario había dos esqueletos pequeños envueltos en una tela áspera y rugosa.

—Vayamos al bosque —anunció ella.

Pablo no apartaba las pupilas de aquellos restos óseos.

Cuando salieron al exterior, la oscuridad impedía contemplar por dónde pisaban. Impresionado, contempló cómo un haz de luz envolvió el cuerpo del espectro.

La oscuridad desapareció.

Caminaron durante unos minutos. El espectro clavó sus pupilas sobre uno de los árboles.

—Aquí me ahorqué y bajo este árbol alguien enterró mi cuerpo —susurró sin despegar los labios—. Vuelve a la casa y coge una pala, quiero que sepultes a mis hijas en el mismo lugar donde descansan mis restos, solo así las tres encontraremos la paz eterna.

Durante unos segundos, Pablo se sintió incapaz de hacer nada, luego lanzó un profundo suspiro y volvió corriendo a la casa.

Minutos más tarde, volvió con la pala y empezó a cavar hasta que encontró los huesos de... ella. Arrojó la pala al suelo y contempló al espectro de forma hipnótica.

Ella hizo una inclinación y habló:

—Entiérralas. —Miró con amargura la tela donde estaban envueltos los esqueletos.

Pablo lo hizo.

Luego volvió a sepultar la fosa. A pesar de la lluvia, se sentó, exhausto, a descansar.

Una sonrisa cruzó su cara; por fin el espectro había encontrado la paz eterna.

Nunca más se volvió a ver.

FIN

KILÓMETRO 12

Kilómetro 12

Óscar despertó sobresaltado. Con ojos desorbitados, miró a su alrededor. Su coche estaba en mitad de la carretera, completamente volcado. Entornó los ojos e intentó recordar lo sucedido. De súbito, un miedo repentino se aferró a su alma.

Había tenido un accidente, se había quedado dormido al volante una fracción de segundo, lo suficiente para perder el control del vehículo. El asfalto estaba resbaladizo, a causa de las heladas de los últimos días y, cuando quiso frenar, fue ya demasiado tarde.

De sus labios brotó un quejido de dolor al intentar levantarse del asfalto. Las piernas se negaron a sostenerlo. Volvió a sentarse y, en mitad del silencio, captó el sonido terrible de un lamento. Su cuerpo se puso tenso y un nudo apretó su estómago.

—¡Qué alguien me ayude! —sollozó una voz femenina desde el interior del vehículo.

El miedo lo turbó y luchó por recobrar su dominio. Intentó recordar, pero su mente estaba demasiado confusa.

Una quietud absoluta lo envolvió. Un silencio espeso, inquietante y desgarrador flotó a su alrededor.

—¡Necesito auxilio! —sollozó de nuevo aquella voz, con un timbre de desesperación.

Óscar trató de levantarse, y ladeó la cabeza intentando recordar... y entonces, mientras el frío viento silbaba en sus oídos, recordó. Su tez adquirió una expresión horrorizada cuando su mente quedó liberada de toda confusión.

—Dios mío... —se estremeció entre sombríos pensamientos. Aturdido, se incorporó vacilante, preso de un terror más que palpable. Susana era su hija y venían de una fiesta de cumpleaños cuando sucedió el terrible accidente. Sus ojos se llenaron de lágrimas y cuando llegó a su lado, observó que el cuerpo de su hija estaba atrapado entre los amasijos de hierros. Tenía los ojos cerrados y la cabeza ladeada hacia la izquierda. Al ver a su hija en aquel estado tan lamentable, se le erizaron los cabellos de espanto.

—¡Susana! —exclamó con voz alterada.

Al oír la voz de su padre, Susana entornó los párpados y un gemido de dolor se escapó de sus labios.

—¡Papá! Tengo mucho frío. Tú solo no podrás sacarme de aquí, ves y busca ayuda.

Óscar negó con un movimiento de cabeza, no quería dejar sola a su hija en aquel lamentable estado.

—Por favor, papá. Si de verdad me quieres, consigue ayuda. Me duelen mucho las piernas y tengo mucho frío.

Al pronunciar estas últimas palabras, el cuerpo de Susana se retorció entre fuertes espasmos.

Óscar, cumpliendo las últimas palabras de su hija, se incorporó y caminó entre la bruma. De pronto, un fogonazo de luz iluminó la noche. Dirigió su mirada al frente, intentando taladrar en las tinieblas. Sus ojos tristes centellearon y un vehículo surgió de entre la niebla. Óscar dio un respingo y se puso a hacer aspavientos con las manos.

—¡Aquí! —gritó.

El vehículo pasó por su lado sin detenerse, era largo y oscuro, los cristales de las ventanas estaban tintados de negro, por lo que no pudo ver al conductor.

En su rostro pálido se formó una expresión de rabia, sus ojos desprendieron chispas de fuego.

Derrotado, comenzó de nuevo a caminar con la cabeza encogida entre sus hombros. A cada paso sentía que sus piernas flojeaban.

Después de unos minutos de incertidumbre, el mismo vehículo se le acercó silencioso por su espalda. Tras unos segundos de indecisión, dio un salto a la carretera a la vez que lanzaba una exclamación.

—¡Para!

Sin embargo, el vehículo no se detuvo y tuvo que echarse a un lado de la carretera para no ser atropellado. Entonces, preso de un terror indescriptible, observó, con ojos desorbitados, cómo en la parte trasera del vehículo su hija golpeaba frenéticamente el cristal con ambos puños.

—¡Papá, no dejes que me lleven! —gritó.

Rápidamente, Óscar inclinó su mirada hacia abajo y se fijó en el número de la matrícula. H·2232·CC.

El silencio volvió después del grito y, tras unos segundos de indecisión, echó a correr detrás del vehículo mientras su hija lo miraba fijamente con una mueca de espanto. En cuestión de segundos, el vehículo desapareció engullido por la oscuridad de la noche.

Con el corazón bombeando de forma imperiosa, siguió caminando en línea recta, a pesar del fuerte dolor que le oprimía el pecho. Entonces, una mancha borrosa apareció en mitad de la carretera. A punto de desfallecer, hizo un último esfuerzo para no perder el conocimiento y aumentó el ritmo de sus zancadas. Cuando sus ojos extraviados identificaron la mancha borrosa, un sentimiento de auténtico pavor lo paralizó.

—No. No puede ser —jadeó mientras su mirada estaba fija en el coche—, he caminado durante horas en línea recta, es imposible que haya vuelto al mismo lugar del accidente.

Aún conmocionado, desvió la mirada hacia la parte derecha de la calzada y se fijó en la señal enunciativa.

»km 12«

Preso del pánico, hincó sus rodillas en el suelo.

¿Cómo era posible que hubiese caminado durante horas en círculos, si aquel tramo de carretera era completamente recto?

De súbito, en mitad de la noche, llegaron a sus oídos el sonido de unas susurrantes voces.

—Lo tenemos de vuelta, hay que meterlo rápido en la ambulancia —anunció una voz femenina.

Un fogonazo intenso de luz cegó sus ojos. Los mantuvo cerrados durante un corto espacio de tiempo y, cuando se atrevió a abrirlos, se vio tumbado sobre la fría camilla de una ambulancia. A su alrededor, la luz de las sirenas rompían la oscuridad de aquella terrible noche.

Perplejo, logró ladear la cabeza, un coche fúnebre esperaba en mitad de la llovizna. Quiso gritar, pero sus gritos nunca lograron salir de su garganta.

—Este es el tercer accidente ocurrido en los dos últimos días en este mismo tramo de carretera. Por fortuna, la pobre niña no ha debido de sufrir nada, ya que su muerte ha sido en el acto. Lo siento mucho por este pobre hombre. Podrá recuperarse de las heridas causadas por el accidente, pero nunca encontrará consuelo cuando sea consciente de que su imprudencia al volante le ha costado la vida a su hija.

Aquella conversación lo sumió en la más profunda desesperación. ¡Su hija no estaba muerta! La habían secuestrado. Él mismo había estado presente cuando el vehículo del secuestrador pasó por su lado.

Aterrado, necesitó aclarar sus ideas mientras el griterío de su alrededor se iba diluyendo.

—Está estabilizado, llevadlo al hospital comarcal.

Mientras lo subían a la camilla, logró desviar la mirada hacia el coche fúnebre justo en el instante en que introducían un ataúd. Cuando se cerró la puerta trasera, Óscar pudo ver con claridad el número de la matrícula.

H·2232·CC

FIN

LA NOCHE DE
LOS MUERTOS

La noche de los muertos

Repentinamente angustiado, Óscar detuvo su marcha. Estaba desorientado, no sabía cómo había ido a parar a aquella tétrica callejuela. Exhaló un suspiro de agotamiento y giró la cabeza. Solo había niebla.

Su corazón palpitó dentro de su pecho, estaba asustado, tanto, que un frío repentino subió por su espina dorsal.

—¡Hola! —su grito se perdió en el vacío.

Reanudó la marcha. Primero despacio, pero luego echó a correr alocadamente. Un sudor helado empapó su frente marcada.

»¿Dónde estoy? ¿Por qué no recuerdo nada?«

De súbito, rompiendo el silencio de la noche, le pareció percibir el sonido de unos terribles lamentos. Detuvo una vez más la marcha y miró a su alrededor, pero allí no había nadie. Suspiró, sacudiendo la cabeza negativamente.

»Debo de estar viviendo una pesadilla«, intentó convencerse. Cerró los ojos y trató de recordar, pero el sonido de aquellos terribles lamentos ulularon nuevamente a su alrededor.

—¡Hola! —exclamó.sin embargo, como única respuesta, solo obtuvo que silencio.

Echó nuevamente a andar por el suelo empedrado, mientras sus ojos extraviados intentaban ver a través de la espesa y azulada niebla. Todo le parecía demasiado extraño. Sobre todo, lo que más le angustiaba era que no veía a ningún ser viviente en derredor.

»Sí. Debe de ser una pesadilla, debo de estar dormido, es la única explicación razonable a todo este asunto«.

Entonces, cuando más desesperado estaba, sus ojos aterrados distinguieron la silueta encorvada de un anciano. Se acercaba a él de frente, con la cabeza encogida entre los hombros.

—Perdone, buen hombre, ¿me podría usted ayudar?

Óscar no supo el tiempo que permaneció allí de pie, esperando una respuesta por parte del anciano. Pudo ser una fracción de segundo, una hora, o un día entero, lo cierto que le dio la sensación de que el tiempo y el espacio se hubiesen detenido.

—Usted dirá, joven —replicó el anciano, alzando la mirada.

Óscar se estremeció horrorizado, la cara del anciano se transformó en algo horrible, abominable y dantesco.

—¿Ocurre algo? —se extrañó el anciano al contemplar aquellos ojos aterrados.

Óscar lo contempló despavorido. Sin embargo, sus músculos se relajaron, ya que aquella horrible visión confirmaba sus sospechas de que todo aquello no era más que otra de sus habituales pesadillas.

¿O no?

—Estoy desorientado —farfulló Óscar, frotándose las manos, intentando apaciguar el frío húmedo que subía por su espalda—. No logro recordar cómo he podido llegar hasta este lugar.

El anciano lo miró de una forma extraña. A Óscar le pareció que lo miraba con lástima.

—Comprendo —replicó el anciano, después de un angustioso silencio—. Es la primera vez que recorres este camino, ¿verdad?

La cara de Óscar se ensombreció.

—Sí —contestó sin apenas despegar los labios—. Ya le he dicho que no recuerdo nada —gruñó.

—En cambio, yo llevo cinco años recorriendo este mismo camino —suspiró el anciano con añoranza—. Cinco años...

Óscar se impacientó y empezó a caminar hacia delante, dejando atrás aquella sombra negra y encorvada.

El anciano hizo una mueca y vaciló un momento.

—Detente. Antes de seguir caminando, debes de saber hacia dónde caminas.

La voz misteriosa del anciano le llegó como un lejano susurro. Óscar hizo un gesto de duda, pero finalmente dio media vuelta.

—¿De qué me está hablando?

El anciano carraspeó y avanzó unos pasos entre la bruma.

—Antes de proseguir, debo advertirte de que... estás muerto.

Óscar sintió un enorme asombro al escuchar aquellas palabras tan terribles.

—Hoy es nuestra noche; la noche de los difuntos. En días como hoy se nos permite dejar las brumas del más allá y caminar una vez más entre los vivos. En noches como hoy, nuestros seres queridos nos recuerdan y nos ayudan a dejar por un momento el purgatorio, teniendo una relación con ellos que trasciende la dimensión temporal y terrenal.

—¡Mientes! —explotó Óscar.

El anciano se mantuvo rígido y contempló a Óscar con ojos reflexivos.

—Ven. —El anciano arrastró las palabras—. Mira a través del espejo.

Aunque se sentía muy asustado, Óscar ladeó la cabeza y fijó su mirada en un espejo que, por sorprendente que fuera, no había reparado en él antes. Horrorizado, dio un paso hacia atrás, mientras el espejo le mostraba la terrible imagen de su propio funeral.

—No. No puede ser —se lamentó Óscar, haciendo un gesto de negación, mientras sus ojos expectantes contemplaban cómo el ataúd donde descansaba su cuerpo era enterrado bajo tierra—. ¡No es posible! ¡No estoy muerto!

—Si lo estás —sentenció el anciano—. Ahora ve a tu casa, tu esposa es una mujer de tradiciones ancestrales y sobre la mesa de la cocina ha dejado comida y una botella de vino. Come y bebe, disfruta de la radiante belleza de tu esposa, ya que en pocas horas volverás a la oscuridad de la muerte.

De súbito, el camino se iluminó.

—Tu esposa acaba de encender las velas en señal de recuerdo, sigue el camino que te indican las velas y llegarás a la que antaño fue tu casa.

Óscar no dijo nada. Estaba pálido y el primer sentimiento de horror lo paralizó. Incrédulo, observó cómo la negra silueta del anciano desaparecía entre la bruma.

—»No es posible, no puedo estar muerto« —razonó Óscar, quien parecía estar poseído por un terror infinitamente superior a sus fuerzas. Boqueó, helado de espanto, y siguió el camino que le marcaban las velas.

No supo el tiempo que tardó en llegar, pero lo cierto es que cuando más desanimado se sentía, vio la casa. Vio una luz encendida en una de las ventanas. Atravesó la puerta y subió muy despacio hasta la planta superior. Esta vez no necesitó atravesar ninguna puerta, ya que la puerta de la habitación, »su« habitación, estaba abierta. Un hondo sollozo llegó a sus oídos. Dio un paso hacia delante, frente a él, apoyada sobre el empañado cristal de la ventana, estaba su esposa. Lloraba desconsoladamente y sobre su pecho sostenía una fotografía de ambos. Recordaba bien aquella foto. Se la hicieron en el parque de atracciones el verano pasado.

»No llores, amor mío«, ningún sonido llegó a salir de su garganta. Desconsolado, la miró detenidamente durante unos segundos y caminó hacia ella. »No llores más«. La besó en la frente y acarició su larga cabellera rubia. Luego, dio media vuelta y bajó a la cocina. Cómo había dicho el anciano, un plato de carne, pan tostado y una botella de vino reposaban sobre la mesa. Con suma tristeza, Óscar tomó asiento y se deleitó con la comida.

Trascurrió una hora.

Dos.

Y a la tercera hora, el anciano vino a por él.

—Es hora de irnos —le dijo desde el umbral de la puerta.

Óscar inclinó la cabeza y le rogó que lo dejara un poco más, pero el anciano hizo un gesto de negación con la cabeza.

—No. Es hora de volver al lugar de donde pertenecemos, pero no te preocupes por tu esposa, porque en breve la verás.

Óscar dio un respingo al oír aquellas palabras.

—¿Qué quieres decir?

—Sube y verás.

Óscar subió las escaleras lo más rápido que pudo y lo primero que vio al entrar en la habitación fue el cuerpo de su esposa tirado sobre la cama. En sus manos inertes sostenía aún la fotografía de ambos.

—Tu esposa se ha quitado la vida —sentenció el anciano—. No ha podido soportar por más tiempo tu pérdida y ha decidido quitarse la vida.

—¿Cuándo podré verla?

—Pronto —sonrió el anciano—. Ahora vayamos, se nos termina el tiempo.

—¿Qué tiempo? Estamos muertos.

—Si no abandonamos esta casa de inmediato, tu alma quedará aquí encerrada para toda la eternidad y estarás condenado a vagar una y otra vez por ella.

Óscar comprendió y siguió al anciano hasta el exterior de la casa. Caminaron en silencio entre la bruma y la oscuridad.

Luego, silencio y oscuridad.

FIN

Este libro ha sido editado con mimo y magia

en los talleres de Rapitbook,

donde los relojes corren hacia atrás

y el Conejo Blanco cuida los autores.

Tu opinión da vida a los libros.

Cuéntanos qué te ha parecido este libro en

www.rapitbook.com